ZORAÏDE

OU

ANNALES D'UN VILLAGE.

TRADUIT DE L'ANGLOIS.

TOME PREMIER.

ZORAÏDE

OU

ANNALES D'UN VILLAGE,

TRADUIT DE L'ANGLOIS.

Combien éclôt-il de roses que nous n'appercevons pas,
& dont le parfum s'exhale dans le vuide des airs ?

TOME PREMIER.

A LONDRES,

Et se trouve à PARIS,

Chez BUISSON, Libraire, rue des Poitevins,
à l'Hôtel de Mesgrigny. N°. 13.

1787.

ZORAÏDE

OU

ANNALES D'UN VILLAGE.

CHAPITRE PREMIER.

Une Ferme.

Au mois de Juin, sur les huit heures du soir, on vint prier le Docteur Withers, de se transporter sur le champ à la ferme, dite *Heath*, distante du village qu'il habitoit, à peu près d'un demi mille, pour donner ses secours à une jeune personne, que l'on disoit être à deux doigts de la mort.

La bonne femme qui s'étoit chargée du meſſage étoit baignée de larmes. » Hélas ! diſoit-elle , une des meilleures » créatures du monde, eſt ſur le point » de rendre ſon dernier ſoupir, parce » que trop de Science a troublé ſa cer- » velle ! oui, ajoutoit-elle , c'eſt une » application forcée à l'étude de la » Science qui la fait mourir, auſſi clair » que ſi on lui avoit brûlé la cervelle » d'un coup de piſtolet ».

Le Docteur, d'un âge mur, plein d'humanité & de ſenſibilité, parfaite- ment accoutumé au tour d'eſprit & au langage de ſes humbles voiſins, pria la bonne femme de ne point retarder les ſecours par des deſcriptions hors de ſaiſon, & de le conduire à l'inſtant même vers la malade. La Fermiere obéit en ſilence, & marchant devant lui , juſqu'au fond d'une longue gale- rie qui aboutiſſoit à l'aîle du vieux châ- teau qu'occupoit la jeune perſonne ,

(cette ferme avoit été autrefois le chef-lieu d'une Seigneurie , & son château n'avoit pas joui d'une réputation médiocre) elle ouvrit doucement la porte d'une chambre , & présenta aux regards du Docteur un spectacle auquel il ne s'attendoit pas : Une jeune fille , du plus élégant extérieur , mais un peu singulièrement vêtue, assise sur un sopha, le visage couvert d'une pâleur allarmante , & une Servante arrosant ses genoux de ses larmes. Il paroissoit qu'une montre à répétition, & une miniature à demi finie, venoient d'échapper de ses mains ; la chambre étoit ornée de dessins qui étoient évidemment son ouvrage ; on remarquoit sur unetable une sphère céleste , & au dos d'une chaise, un luth suspendu par un ruban bleu.

Le Docteur l'aborda avec étonnement ; car indépendamment de tant d'objets propres à le frapper, tout annonçoit en elle un être supérieur à

ceux qui formoient fa fociété ordinaire.
Il fe fentit ému, fans que fon jugement
prît part à fon émotion.

Miftriss Léland; (c'éft le nom de la
Fermiere) demanda avec empreffement
ce que penfoit le Doƈteur, — vous
voyez-bien, dit-elle, que c'eft la fcience
qui a abrégé fes jours ; mais rien n'a pu
la tirer de fes livres, & de fes études :
je n'ai jamais rien vu provenir de bon
de pareille befogne. Il vaut mieux être
pauvre & fotte, que riche, pour fe voir
enterrer avant fon tems à force de fcience ; mais fûrement, Monfieur, elle n'eft
pas partie pour toujours ?

Le Doƈteur lui commanda de cal-
mer fes craintes, l'affurant que la jeune
perfonne reviendroit à fon état ordinaire, & fe trouveroit très bien, fi l'on
ne troubloit pas fon repos.

Monfieur, que lui eft-il donc arrivé ?

C'eft un évanouiffement, répondit
le Doƈteur ; mais je ne puis dire s'il

provient de fatigue, d'excès de chaleur ou de quelque indiſpoſition --- elle revient à elle ! — à meſure que ſes traits ſe raniment, comme elle embellit ! — mais la préſence d'un inconnu dans ſa chambre pourroit lui faire une impreſſion nuiſible ; je vais me retirer juſqu'à ce que vous l'ayez préparée à recevoir ma viſite. Le Docteur Withers quitta l'appartement, & la belle étrangere ouvrit les yeux.

Qu'eſt-il arrivé, dit-elle, promenant ſes regards autour d'elle ? — hélas ! ajouta-t-elle, après une courte pauſe : je ſens mon état, je ſuis retombée dans mes évanouiſſemens, & je vous aurai cauſé beaucoup d'embarras. Etoit-il poſſible de tomber en des mains plus obligeantes ?

Ne parlez pas d'obligations, dit, Miſtriss Léland, tranſportée de joie de la voir en état de parler ; ce ſont les perſonnes qui peuvent vous être les

plus utiles qui s'obligent le plus elles-
mêmes : car comme dit le Docteur.....

Le Docteur ! répéta l'étrangere. Au-
roit-on appellé quelqu'un ? — En ce
cas , ajouta-t-elle , en tirant sa bourse ,
qu'il me soit permis de payer sa visite ,
car la reconnoissance est la seule dette
qu'il ne soit pas en mon pouvoir d'ac-
quitter.

Je vous crois un Ange , dit Miftriss
Léland , je le crois aussi , ajouta *Marthe* :
car bien sûrement il n'est point d'Être
terrestre qui ait conçu des idées pareilles de ce qui est juste & généreux , &
de ce qui est convenable ; mais n'ou-
blions pas que le Docteur est dans la
piece à côté , n'attendant que votre permission pour savoir de vous même comment vous vous trouvez.

J'en suis extrêmement fâchée , dit
l'étrangère , en poussant un profond soupir ; — cependant , l'intention étoit si
bonne , & la précaution peut-être si

nécessaire, que je le verrai sans répu-
gnance. Voulez - vous bien le prier
d'entrer ?

Le Docteur Withers parut. — Je
suis charmé, dit-il, de vous voir si
bien, en vérité vous ne devez rien à
mes secours : la nature a tout fait. —
Alors, poussant poliment sur la table la
guinée qu'on lui présentoit, je vous préviens, ajouta-t-il, que je ne reçois jamais
le prix de mes visites, que lorsque je
suis arrivé au point de les discontinuer :
commencez je vous prie par remetre
votre bourse, je vous dirai ensuite en
peu de mots ce que je pense du cas
où vous vous trouvez.

Votre constitution est infiniment trop
delicate, pour soutenir des secousses
violentes ; il faut mettre un terme à ces
évanouissemens, ou ils en mettront un
à votre vie.

Je suis accoutumée, répondit l'E-
trangère, à ces suppressions momen-

tanées de connoiſſance & de mouve-
ment, & je n'en crains aucune ſuite
funeſte.

Pardonnez, Mademoiſelle, repliqua
le Docteur; ces accès quoique opérant
lentement, n'en ſont pas moins formi-
dables dans leurs opérations; il eſt im-
poſſible que les reſſorts de la machine
humaine ſoient ſi ſubitement ſuſpendus
dans leurs fonctions, ſans en ſouffrir
conſidérablement; ſans compter le danger imminent de leur rupture finale.

Je n'aime pas les remèdes, dit l'E-
trangère, lorſque j'en prends, je ſuis
aſſurée de perdre l'appétit : & vous
ſentez que c'eſt une circonſtance peu
encourageante.

Et moi, répondit le Docteur, je ne
me preſſe jamais de les ordonner, à
moins que le cas ne ſoit critique.
Alors, approchant ſa chaiſe du ſopha :
permettez, ajouta-t-il, que je conſulte
votre poulx. Cette petite pendule de la

vie, ainſi que le nomme ingénieuſe-
ment un Ecrivain anglois, parle un
langage que j'entends parfaitement ; il
ne tardera pas à m'indiquer la ſource
où il faut puiſer votre guériſou.

Vous m'allarmez, Monſieur, dit
l'Etrangère, retirant à demi ſon bras,
—cependant, qu'ai-je à craindre ? ces
vibrations d'accord avec les battemens
de mon cœur, vous apprendront que
ce cœur eſt bleſſé ; mais ne vous en
révéleront pas la funeſte cauſe, dont
je vous avoue que je déſire garder le
ſecret. — Ici le Doɛteur ſecoue la tête.
— Cependant, Monſieur, reprit-elle,
en recueillant ſes ſens, ne concevez point
d'opinion déſavantageuſe ſur mon compte. Je fais ce qu'il eſt naturel de
conclure de ma ſituation à mon âge ;
mais je ſuis encore Etrangère à ce que
l'on entend par doux attachemens du
cœur ; je ne connois que les angoiſſes,
les horreurs, la main ſauvage & bar-

A v

bare de la mort. Oui, continua-t-
elle, couvrant son visage de son mouchoir, les victimes qui font couler mes
vaines larmes, sont de mon sexe & du
vôtre; en un mot, je pleure la fin tra-
gique de mes parens les plus proches.

Calmez vous, ma chere Demoiselle,
dit le Docteur en détournant la tête pour
dérober son émotion ; je vous supplie de
maîtriser tant d'agitation. Que vos douleurs soient sacrées, & que leur cause en
soit respectée ; permettez cependant que
j'employe les expressions de notre grand
Poëte en vous exhortant à ne pas roidir
votre volonté contre celle du ciel ; à
ne pas vous croire moins suicide, si,
en vous livrant à vos douleurs, vous
abregez vos jours, que si vous y mettez un terme par quelque coup prémé-
dité.

Je sens, Monsieur, répondit l'Etrangère, toute la justesse de ce que vous
me représentez ; mais, sentant aussi.

Je n'attens pas , dit le Docteur en l'interrompant avec douceur , une révolution rapide dans vos difpofitions ; mais j'efpere que le tems n'eſt pas éloigné , où la piété inféparable d'un cœur pur vous perfuadera de porter le facrifice de vos regrets les plus cuifans à l'autel de la réfignation. Le premier pas à faire vers cet autel confolateur eſt , ma charmante malade , d'éloigner de vos regards tous ces lugubres *memento* , que vous avez raffemblés autour de vous ; le fecond , eſt d'échanger pour le commerce focial , les plaifirs de la folitude : car fi j'en dois juger par le deuil où votre ame paroît plongée , ces plaifirs font du genre funèbre.

Je conviens de la force de vos raifonnemens ; mais comment établir ce commerce focial ? Dans ce royaume où tout eſt rafinement & mode , où trouverois-je la cordialité , qui doit être la bafe du commerce que vous me propofez ? Ne vaut-il pas mieux que je me tienne à la diftance que je me fuis prefcrite , dans la crainte de gagner la contagion ?

Quelle contrée ennemie de la grande Bretagne vous a donc donné le jour , s'écria le Docteur avec chaleur ? vous décelez des préventions qui s'emparent rarement de l'efprit de la jeuneffe. Quoiqu'il en foit , faites-moi , ainfi qu'à ma patrie , la juftice de croire que que'qu'effrenés que nous foyons dans nos extravagances , fi vous effayez de notre commerce, vous trouverez nos vertus uniformes & foutenues.

Vous êtes un habile Avocat , dit la jeune perfonne, tâchant de faire percer un fourire à travers fes larmes. Mon refpect pour le Médecin , me détermine à effayer l'efficacité de l'ordonnance ; mais fouvenez-vous , Monfieur , que j'effayerai fans foi ; ce qui empêchera peut-être que le remède n'opère à mon avantage.

Essayez seulement, répliqua le Docteur, nous raisonnerons ensuite sur le plus ou moins de succès qu'aura eu le régime. Mais, Mademoiselle, vous avez besoin de repos, & il convient on ne peut pas moins à un homme qui se donne pour un restaurateur de la santé, de se livrer au plaisir de votre conversation, au risque de vous incommoder : permettez donc que je prenne congé.

C'est ainsi que se passa la premiere entrevue entre la malheureuse Etrangere & l'ami universel des malades ; mais en cette occasion, la sympathie opéroit sur l'ame du Docteur, de concert avec sa bienveillance coutumiere. Bien des gens affectent de définir la sympathie, sans en avoir jamais éprouvé l'influence : car quoique la bonté attire

naturellement la bonté , c'eſt un ai-
mant ſi délicat qu'il perd ſa vertu s'il
ne touche pas tous les points d'une
parfaite reſſemblance.

CHAPITRE II.

Enquête.

LE Docteur Withers se retira, mais ne regagna pas au même moment le village. Son esprit étoit fortement frappé de tout ce qu'il avoit vu, de tout ce qu'il avoit entendu ; il désiroit ardemment connoître la nature des chagrins de la jeune personne, persuadé que cette connoissance lui indiqueroit les moyens de les adoucir : car il avoit pour maxime, que pour combattre avec apparence de succès un effet quelconque, il faut commencer par connoître la cause. Mistriss Léland, étoit parfaitement disposée par caractère à satisfaire sa curiosité ; mais s'il n'étoit pas en son pouvoir de le faire. Elle raconta sans en omettre un iota, le peu qu'elle savoit. On lui doit même la justice de dire, qu'elle n'ajouta rien au simple narré des faits ; ou fi elle fe permit quelques additions , elle eût la bonne foi d'avouer qu'elle ne parloit que d'après fes conjectures ; laiffons donc la vérité parler le langage qui lui eft propre, par la bouche de cette bonne femme ; c'eft le langage de la fimplicité.

Très-certainement, Monfieur , dit Miftriss Léland , vous devez être furpris de trouver pareil tréfor dans ma maifon , & je vous avoue que je ne fuis pas moins étonnée moi-même de le poffléder ; mais lorfque je penfe combien ça reffemble à de la forcellerie, qu'on ne puiffe pas même avifer qui elle eft, d'où elle vient, il y a de quoi perdre la tête. — Aurefte, Monfieur , fi ça peut vous faire plaifir, je vous dirai tout , & comment tout ça s'eft paffé.

Le Docteur l'affura qu'elle l'obligeroit infiniment , fi elle vouloit bien entrer dans les détails.

Il y a précifément aujourd'hui quinze

jours, j'étois affife fur une des fenê-
tres de la galerie ; voilà-t-il pas qu'on
frappe à enfoncer la porte, & voyez-
vous, vlà que j'vois entrer un Monfieur
vêtu de bleu & d'or , qui avance à
moi,—moi, de le fixer en face de tous
mes yeux ; me rappellant, comme dit
la chanfon, combien mon toît eft bas
pour tête fi haute : *ftapendant* , fans
perdre contenance , & avec toute la
politeffe convenable, j'vas au devant, &
lui dit ; qui vous amène ici, Monfieur,
je vous prie ? *C'qui* m'amène, me ré-
pond-il ! fi vous êtes Miftriss Léland,
c'eft le deffein de vous recommander
une perfonne aimable pour loger chez
vous : elle eft orpheline & *d'étraction*
Angloife ; mais ne fait , pour le moment, où chercher fes parens. Miftriss
Quinbrook, m'a permis de faire ufage
de fon nom, que je fuppofe être pour
vous un garant fuffifant de la bonne conduite de la jeune perfonne.

Sans contredit, Monfieur, repartis-
je, je n'ai pas à héfiter quand vous me
nommez Miftriss Quinbrook : mais j'i-
magine que la Demoifelle a auffi un
nom, & qu'elle n'eft pas fortie de la
terre : *j'lui* fis cette répartie parce que
j'apperçus que fon intention étoit de fe
tirer de la converfation, en me con-
tant le moins qu'il pourroit au fujet
de la jeune perfonne, ---- Pourquoi,
lui dis-je en conféquence, ne pas me
dire tout ce qui la regarde, auffi bien
à préfent que plus tard ? ---- elle n'a,
me répondit-il, de fecrets à garder pour
perfonne, qui ne lui faffent honneur ;
mais comme elle défire la liberté de ne
révéler de fon hiftoire, que ce qu'elle
jugera convenable, il faut que vous
me promettiez de ne pas même témoigner lé défir d'en connoître plus qu'elle
ne paroîtra difpofée à en communiquer.
---- J'aurois bien voulu placer un petit
mot ici ; mais il me ferma la bouche

en me difant : vous êtes maîtreffe du
marché, & des termes (c'étoit bien
parler, *ça*) comme la retraite, la pureté de l'air, & une fituation tranquille
font tout ce que defire la jeune perfonne, elle eft difpofée à acheter ces
avantages réunis à la fatisfaction complette de ceux qui les lui procureront.
Il faudra que vous la ferviez, que vous
tâchiez de découvrir fes befoins, autant dans fes regards que dans fes expreffions mêmes ; ayez foin auffi de lui procurer la compagnie conftante de quelque perfonne fûre & méritante. Je l'a-
mène de l'Inde, elle eft adorée de tous
ceux qui ont fait la traverfée fur mon
vaiffeau ; c'eft la plus, --- mais bientôt
vous la connoîtrez affez pour être
enchantée de la poff]éder, & bénirle
jour qui l'a conduite chez vous.

Fort bien ; mais, Monfieur, repris-
je d'un ton preffant, tâchez donc de
découvrir qui elle eft. Voyez feule-

ment, je vous prie, la belle figure que
je ferai lorsqu'il fera fu publiquement
dans le voifinage que je loge une Demoifelle fans nom. Si vous faites feulement cette réflexion, je fuis perfuadée
que pour l'honneur de toutes les parties,
vous ne me refuferez pas la fatisfaction
que je vous demande ; --- loger une
fille qui n'a pas de nom --- comme
les gens riroient !

Je vous renvoie pour le reste à la
jeune perfonne elle-même, je vais
la conduire fur le champ à *Heath*,
attendu qu'une affaire importante,
m'oblige ainfi que Miftriss Quinbrook,
de partir pour Londres avant qu'une
heure foit écoulée. En achevant ces
paroles, il difparut à ma vue, & avant
que je fuffe remife de l'ébaudiffement
dans lequel il m'avoit jettée : ne *vla*-
t-il pas que je le revois à ma porte,
donnant la main à la Demoifelle, fuivi
de *porte-manteaux*, comme pour une

Princeffe ou un Duc ; & fi ce n'eft qu'il me dit qu'elle avoit mangé, bu, & dormi, je n'en pus tirer une fyllabe, &, de ce moment-là, jufqu'à celui-ci, vlà tout ce que j'ai fu d'elle.

Mais, demanda le Docteur, n'avez vous rien appris de Miftriss Quinbrook ? ne vous a-t-elle rien dit ? Car je fuppofe que malgré ce que vous avoit dit de fon départ l'Officier, vous avez tâché de lui parler avant qu'elle quittât Plymouth.

Ceci, Monfieur, répondit Miftriss Léland, eft la partie la plus provocante de l'affaire. Oui, oui, ayant laiffé ma jeune débarquée aux foins de l'honnête Marthe, qui, je puis dire, à tant de mérite, que c'eft comme un fecond moi-même, je courus comme une écervelée, pour faire quelques queftions à Miftriss Quinbrook, & vlà que après avoir écouté avec patience tous mes raifonnemens, mes doutes, mes con-

jectures ; comme quoi je craignois qu'on
ne l'eût enlevée, dans l'Inde, à une
famille riche ; & puis comme quoi je
douiois qu'elle eût une famille fur la
terre, & puis comme quoi je foup-
çonnois le Capitaine de mourir d'a-
mour pour elle, & que fais-je moi ?
que peut-être, elle ne l'aimoit pas parce
qu'il eft beaucoup plus âgé qu'elle, &
qu'à caufe de cela elle avoit voulu que
l'on relachât, & qu'on la mît à terre
au premier port Anglois. Après, dis-
je, avoir entendu tout cela, Miftriss
Quinbrook me répondit avec ce calme qui vous eft familier à vous autres
grandes gens du monde, que ce n'étoit
ni fon affaire ni la mienne ; que c'étoit
une jeune Demoifelle, riche & pleine
de fentimens d'honneur ; qu'elle pouvoit me garantir ces deux points ; que
quelque caufe fecrette, telle que la
perte de fes amis ou parens, l'avoit
plongée dans l'affliction ; qu'au furplus

comme elle n'avoit entrepris un si long voyage, que dans la vue de respirer l'air d_Angleterre, il étoit de son honneur & de mon intérêt que je rendisse son séjour aussi agréable qu'il seroit en mon pouvoir de le faire --- & *vlà* tout ce que j'ai tiré de Mistriss Quinbrook.

Elle m'envoya, dit le Docteur, un billet d'adieux, me mandant qu'une affaire subite & pressante l'attiroit à Londres, sans lui laisser le tems de nous les faire de vive-voix ; mais elle ne me disoit pas un mot du trésor, (ainsi que vous le nommez avec tant de justice) qu'elle avoit confié à vos soins. Si nous l'eussions vue, peut-être eût-elle été plus communicative.

Peut-être aussi que non, repliqua Mistriss Leland : car Mistriss Quinbrook, n'est point du tout faite comme les autres femmes ; elle ne cherche pas à s'informer des affaires des autres, &

semble ignorer combien il est naturel
pour toute autre créature Chrétienne de
se plaire à savoir ce qui se passe ; si naturel en vérité que vous-même, Monsieur, tout sage, tout bon que vous êtes,
la curiosité de savoir ce qui se passe à
la Ferme d'*Heath*, vous chatouille ; &
vous n'en valez pas un fêtu de moins
pour cela.

Je vous proteste, ma bonne Mistriss
Léland, que tout ce que je désire,
c'est d'en savoir assez pour me mettre
en état de la traiter avec quelque certitude de succès, & de la sauver, s'il est
possible, d'une mort très - commune
dans ce méchant monde ; je parle de
cette mort dont on ne fait point men-
tion dans nos nécrologes, qui est occa-
sionnée, par le chagrin, & que nous
nommons *abroken-heart*, (cœur brisé)
maladie dont le danger me paroît imminent pour elle.

: Dieu de bonté ! s'écria Mistriss Léland,

land , nous verrons donc fon efprit revenir , & lutiner notre Ferme ; c'eſt à
quoi nous devons nous attendre , croyez-
moi : car tout le monde ,ſait que vos
eſprits, de vous autres grandes gens ,
quand ils ſont troublés par la ſcience
ou autrement , s'obſtinent à vagabonder
partout où il leur plaît.

Le Docteur rit de ſa ſimplicité , &
après l'avoir aſſurée qu'il prenoit ſur lui
de la garantir , elle & ſa Ferme , de
toute tracaſſerie de la part de la jeune
perſonne , morte ou vivante , il lui ſou-
haita le bonjour , & retourna chez lui ,
la tête & le cœur également pleins de
la belle Etrangère. Quoiqu'il fût prefque ſexagénaire , les manières douces ,
intéreſſantes , & ſur tout les larmes de
l'inconnue , avoient fait ſur lui une impreſſion irréſiſtible , & ſa bonne femme
qui étoit accoutumée à partager tout ce
qu'il ſentoit , ne pût entendre le compte
qu'il lui rendit de ce qu'il venoit de

voir , fans verfer des larmes d'attendrif-
fement. Hé bien , dit-elle , nous ferons
tout ce qui fera en notre pouvoir pour
adoucir la rigueur de fa deftinée : il eft
rare de rencontrer une affliction fi profonde , alliée avec une jeuneffe fi tendre : & c'eft cette fingularité même qui
follicite nos égards les plus délicats. Hélas ! c'eft un enfant fans père & fans
mère , nous fommes père & mère fans
enfans. Que pouvons-nous faire de mieux
que de nous prodiguer des confolations
mutuelles ?

O ma bien aimée , dit le Docteur ,
ne touchez pas la corde dont le fon
réveille les feuls chagrins que nous ayons
jamais éprouvés. Je ne difconviens pas
que ce monde ne nous ait cruellement
accueillis : nous y avons vu avorter nos
plus douces efpérances ; mais nous ne
fommes pas à apprendre qu'il faut porter nos regards plus loin pour trouver
le repos & la paix ; qu'il faut les fixer

fur-ces demeures faintes, où les traits de
l'infortune ne peuvent nous atteindre ;
où il n'eft plus de féparation.

CHAPITRE III.

Ouverture.

LE lendemain matin, le Docteur se
rendit à la Ferme pour savoir comment
sa nouvelle malade avoit passé la nuit,
& comment elle se trouvoit. Il prit sa
main, ainsi que son état lui donnoit
le droit de le faire ; mais dans l'espèce
de ravissemént qu'il éprouvoit, il oublia
de la lâcher jusqu'au moment où la
belle Etrangère déguisant le plus poliment qu'il lui fut possible son étonnement, fit un léger effort pour la déga-
ger.

Ma charmante malade, dit le Docteur, j'ai une épouse dont je suis persuadé
que la société ne vous déplaira pas ;
mais c'est de votre condescendance
seule que je puis espérer de voir former cette liaison, parcequ'une incom-

modité incurable l'a rendue percluse
de ses membres. Elle prouve à quiconque la connoît, combien il est possible
de plaire sans posséder un seul avantage du corps. Ce n'est pas que je ne
convienne que la beauté & la raison
forment une union délicieuse ; mais
pour toute femme qui n'est pas belle,
c'est beaucoup que d'être aimable ; il
y a plus, si une femme n'est pas aimable,
je la crois belle en pure perte. Je l'en
dispenserois de tout mon cœur. Hé bien,
Madame, que pensez-vous d'un homme
qui hasarde des vérités si crues ? lui
permettriez - vous de vous offrir son
amitié, & auriez-vous la bonté d'en
accepter l'ouverture ?

O ! répondit l'Etrangère, ne cher-
chez point à ouvrir mon cœur à des
plaisirs qui ne fleurissent que pour se
faner, je suis peu propre à former de
nouveaux liens : d'ailleurs, Monsieur,
j'ai fait vœu de ne plus faire dépendre

mon bonheur d'aucun être qui, comme moi, soit sujet aux maladies, à l'infortune, à la mort.

Que ferez-vous donc de votre cœur, repliqua le Docteur, de ce cœur si heureufement formé pour la fociété ? Croyez-vous le fatisfaire en en fermant l'accès aux douceurs que l'exiftence prend dans la fociété ? Si, en le condamnant à l'horreur de la folitude, vous parveniez à vous fouftraire à quelques peines attachées à tout Etre focial . . . . . . Charmant enfant, croyez-moi, écoutez la voix de la raifon & de la nature ; gardez - vous de vous abufer ou de croire que, s'écarter du chemin qu'elles vous indiquent, c'eft prendre celui de la tranquillité ; un efprit bien fait ne peut être calme, qu'autant qu'il eft uni à l'eftime de foi-même, & cette eftime de foi-même, felon les regles du bon fens, ne peut être fondée fur une défobéiffance manifefte aux volontés divines. Savez-vous quel eft l'efprit

agréable à la divinité ? C'eſt l'eſprit de
férénité.

Vous me faites obéir comme il
vous plaît, Monſieur, dit la belle Etrangère. Mon âme n'eſt pas perſuadée ;
mais elle céde à la douce vivacité de
vos ſolicitations : je tâcherai d'écarter ces nuages ſombres dont mon être
eſt enveloppé ; & ſi je ne puis eſpérer
de vivre pour mon propre bonheur,
je ferai tout ce qui ſera en mon pouvoir, pour contribuer à celui des autres.

Excellente femme, s'écria le Docteur : vous trouverez votre récompenſe
dans votre condeſcendance même.--- Ici
jettant les yeux ſur les divers objets
répandus dans l'appartement : vous avez,
dit-il, autour de vous des reſſources qui
vous promettent des plaiſirs plus qu'ordinaires ; mais, un peu de diverſion.
Demandez votre chapeau & votre
mantelet, & permettez que ce moment-
ci fixe l'époque de nos liaiſons --- naïſ-

fantes. Je vous en dirai davantage, en tems & lieu, fur ce que je penfe de vous.

O! Monfieur, dit l'Etrangère, dans ce moment ci, je ne puis --- voir vos femblables, repliqua le Docteur! penfez vous que la folitude profonde & la réflexion déchirante vous préparent plus efficacement à effayer de la fociété! Allons, je fuis votre Médecin, & comme tel je dois favoir ce qui vous convient. J'ordonne changement d'air; chaque jour une courte promenade & une demi-heure de converfation; fans cela, point de falut.

L'Etrangère fourit, & déja prévenue en faveur du Docteur, fe foumit à fa direction. Ils fortirent enfemble auffi-tôt.

CHAPITRE IV.

Visite.

LE jour étoit chaud, & le Soleil brilloit de l'éclat qui l'entoure à midi ; mais le Docteur avoit pris des précautions pour en tempérer les rayons, & en proportionner l'ardeur à la délicatesse de la belle malade ; il déploya sur sa tête un parasol, & l'amusant de diverses descriptions agréables, il la conduisit insensiblement jusqu'à une porte, qu'il ouvrit, & qui se trouvoit à l'extrémité d'une plantation d'arbustes, qui terminoit son jardin.

La nature, dans cette petite enceinte, avoit été si heureusement cultivée, qu'elle y conservoit tout ses traits. Partout, ses pas étoient marqués par la raison d'accord avec le goût. Au milieu d'un bosquet de chèvrefeuil & de jassemin, un ruisseau, que l'on n'avoit

point métamorphofé en méandre, pro-
menoit fes ondes pures. Les fleurs, quoique difpofées de maniere à former les
plus heureux contraftes de nuances,
paroiffoient être plantées par la main
du hafard. Jettoit-on les yeux fur la
prairie, elle étoit couverte de troupeaux.
Les eaux agitées par les jeux des poif-
fons, le chant des oifeaux auffi nom-
breux que les feuilles, tout annonçoit
la propriété dont jouiffoient tous les
Etres raffemblés dans ces lieux enchan-
tés.

Ce fpectacle réveilla dans l'étrangère
des fentimens qu'elle croyoit perdus
pour elle : le tendre incarnat, que donne
une fatisfaction douce, fe répandit fur
fes joues ; le Docteur le remarqua, &
ferrant fa main, lui dit : courage charmante créature, nous avons déja con-
quis plus qu'à demi ; vous deviendrez
tout ce que peut défirer de mieux pour
vous la bienveillance elle même ; cepen-

dant, ajouta-t-il après une courte paufe, n'allez pas prendre ce féjour pour ce qu'il n'eft pas, quelque foit d'ailleurs la reffemblance qu'il peut avoir avec l'élifée, je vous préviens que la rofe n'y croît pas fans épines.

Dirigeant enfuite fes regards vers une éminence, fituée à quelques diftances; vous voyez, dit-il, ces deux petits temples : le frontifpice de celui qui eft à gauche, annonce fa deftination. Combien d'heures délicieufes ma femme & moi n'y avons nous pas paffées ! mais une calamité cruelle les fit évanoüir. Depuis ce tems-là, l'allée qui qui y conduit en droiture, & que vous diftinguez dans cette partie du jardin qui produit les plus précieux fruits, n'eft plus fréquentée par nous; nous nous y rendons par l'avenue que vous voyez fur la droite, laquelle nous conduit au temple de la réfignation.

En converfant ainfi, ils arrivèrent à

B vj.

la maison, où l'ordre & la propreté se faisoient remarquer par tout. On fit entrer l'Etrangère dans un cabinet de toilette, où Mistriss Withers, cette image vivante de tout ce qui est bon, de tout ce qui est aimable, l'attendoit sur son fauteuil, impatiente de la recevoir & de l'embrasser. --- Soyez bien venue, dit-elle, trois fois bien venue. Qu'il est peu de personnes de votre âge qui recherchent de si bonne grace la vieillesse & l'infirmité ! Vous les voyez réunies en moi ; mais l'ame, ma chère Demoiselle, prouve son immortalité même dans ce monde : elle ne vieillit pas. Il n'est point de plaisir raisonnable, de délices de société, dont on ne jouisse avec autant de sensibilité à soixante ans qu'à seize. Voilà une doctrine qui ne peut être généralement reçue faute d'être sentie ; mais tant que vous embellirez ce séjour, vous la trouverez orthodoxe.

Vous voudrez bien remarquer, dit
le Docteur, que c'eſt une tournûre plus
ingénieuſe que modeſte , dont ma
femme ſe ſert pour vous dire qu'elle a
trouvé le ſecret de devenir vieille , &
infirme ſans rien perdre des graces du
bel âge.

Ce n'eſt pas en effet parce que l'on
ſurvit à la jeuneſſe, que ces affections vi-
ves, que l'on croit lui appartenir, paroiſſent s'affoiblir dans les deux ſexes entre
les deux extrémités de la vie ; c'eſt
parce que la ſageſſe de l'âge avancé ,
fronce ordinairement un ſourcil trop
auſtère ; c'eſt parce que la mémoire infi-
dele , perd les traces des anciens pen-
chans ; c'eſt parce que l'humeur s'aigrit
& veut que la nature agiſſe d'une
manière contraire à ſes propres loix ,
en ſe conformant à une idée de perfection ſpéculative. Tout cela provient
d'un défaut de jugement ou de bon
naturel : le bon naturel & le bon ſens ,

font comme les fleurs qui réſiſtent aux
hivers : & qu'une culture convenable entretient dans tout leur éclat
pendant une longue ſuite d'années ;
ils en diffèrent ſeulement en ce qu'ils
font des quatre ſaiſons, vifs & animés
au printems, pleins de ſentimens & de
délicateſſe en été , doux & interreſſants
en automne, délicieux en hiver. Oui,
les rayons du ſoleil d'hiver ont leur
beauté particulière , en ce qu'il arrive
rarement qu'ils éclairent les dernieres
ſcenes de la vie.

Je ſens , dit l'Etrangère , avec une
émotion qu'il ne lui fut pas poſſible de
dérober aux yeux des bons vieillards,
je ſens une erreur dont je me ſuis long-
tems glorifiée comme d'une preuve
de jugement : je conçois que ſi la multitude d'êtres qui compoſent ce qu'on
appelle le grand monde, eſt dans ſon
enſemble trop ſuperficielle , trop legère
pour convenir à la ſociété des per-

fonnes plongées dans l'affliction ; elle comprend un petit nombre qui forme une heureufe exception.

On fervit un dîner fans aprêts, afin de mettre l'Etrangère auffi à fon aife que fi elle faifoit partie de la famille, & l'on s'attacha à varier les fujets de la converfation, de manière à produire les impreffions qui devoient infenfiblement opérer fur l'efprit de l'Etrangère, l'effet que le Docteur avoit en vue.

Comme le Docteur & fa femme faifoient en majeure partie les frais de cette converfation, l'Etrangère les obfer-voit l'un après l'autre, & tout à coup frappée de la reffemblance que ces ref-pectables perfonnes, parmi lefquelles le fort l'avoit jettée, portoient à celles dont elle regrettoit la perte, elle fondit en larmes, au moment où elle paroiffoit déja gouter la douceur de cette focié-té. — Hélas ! dit-elle au Docteur,

j'ai actuellement fous les yeux les tem‑
ples que vous m'avez fait remarquer ;
celui des délices eft fermé pour moi
comme pour vous , j'ai à déplorer
comme vous les coups funeftes de la
mort : non ne je fuivrai jamais ce doux
fentier qui conduit aux délices de l'ame.
Je me traînerai fur vos pas vers l'autel
de la réfignation.

Miftriss Withers s'appercevant au
bout de quelques heures que tout ce
que l'on effayoit pour diffiper la jeune
perfonne ne réuffiffoit pas , & qu'une
douleur profonde perçoit à travers des
efforts qu'elle faifoit pour retenir fes
larmes , propofa à fon mari un moyen
oppofé à ceux qu'elle avoit cru devoir
employer les premiers. — Effayons ,
lui dit‑elle , au rifque de rouvrir nos
playes, ce que pourroit fur votre aima »
ble malade la force de l'exemple , peut‑
être lui apprendrons nous ainfi à modé‑
rer fes douleurs , à maîtrifer fes fenti‑

mens. Je ne doute pas que ses chagrins ne soyent de l'espèce la plus cui-
sante ; mais comme l'infortune est l'ap-
panage de la triste humanité, l'épreuve
de nos principes & de notre piété, nous
devons être certains que la manière
dont nous soutenons les plus cruelles
atteintes, dont il plaît au ciel de nous
frapper, est la mesure du mérite qu'il
daigne récompenser en nous.

Le Docteur, après un profond
soupir, satisfit son épouse en s'adres-
sant à la jeune malade, en ces termes.

L'usage que ma femme vous propose
de faire de la connoissance de nos
afflictions, m'impose la loi de vous les
révéler. Madame, vous jugerez de
l'intérêt qu'elle prend à votre repos,
par le désir qu'elle témoigne de l'assurer
en renouvellant ses blessures ; oui,
Madame, notre paix est détruite pour
jamais, nos moments les plus calmes
ne sont que les moins douloureux ;

mais nous n'ajoutons pas aux angoiſſes
de notre ſituation par des lamenta-
tions; nous ne noús refuſons pas aux
conſolations qui ſe préſentent d'elles
mêmes, de quelque eſpèce qu'elles
puiſſent être. Vous voyez ce qu'ont fait
pour nous, le tems, la raiſon & l'aſ-
ſiſtance divine; vous nous voyez heureux en apparence.

Dès les commencemens de notre
union, nous fumes frappés de la beauté
de ce ſéjour; je l'achetai, & je conſacrai tous mes loiſirs au ſoin de l'em-
bellir. La providence nous ayant accor-
dé deux enfants de l'un & l'autre ſexe,
je conſacrai, à la mémoire de ce bienfait, le petit temple que je vous ai fait
remarquer ſur la gauche. Le ſite étoit
intéreſſant en ce qu'il commandé une
vue étendue ſur la mer. Je le nommai
Temple des louanges. Du moment où
nos enfans furent en état de joindre
leur foibles hommages aux nôtres, nous

contractâmes l'habitude de les y conduire, & là, nous payions tous les
jours, en famille, un juste tribut de
reconnoiffance à l'auteur de toutes les
bénédictions humaines. — Infenfés que
nous étions, nous nous regardions
comme arrivés au faîte d'une félicité
durable, tandis qu'elle s'étoit déja éva-
nouie fous nos pas.

Ma fille promettoit une forte conf-
titution ; pour l'affermir encore, &
donner de la folidité à fes nerfs, dans
la plénitude de la fageffe humaine je
la faifoit plonger chaque matin dans
le bain froid. Dans un moment funef-
te, un pauvre voifin qui venoit d'être
frappé du feu du ciel, m'attira à fon
fecours ; je n'affiftai pas, felon ma cou-
tume à l'opération : la compagne de
tous mes plaifirs, de toutes mes peines,
avoir fait une chûte, & ne pouvoit
me remplacer, étant forcée de garder
fon appartement ; on crut pouvoir fe

repofer fur l'habitude que deux de fes
femmes avoient contractée de faire
l'immerfion ; on leur recommanda feu-
lement , au moment où elles retireroient
l'enfant de l'eau , de l'envelopper dans
une couverture , & de la porter à fa
mère. Les femmes fuivirent leurs inf-
tructions au pied de la lettre , elles por-
tèrent en effet l'enfant ; mais eft-il des
expreffions qui puiffent vous peindre
l'effroi , le brifement du cœur , toutes
les affections douloureufes qu'éprouva
cette mère infortunée , lorfque tendant
les bras pour recevoir le tendre objet
de notre amour , elle découvrit qu'en
prenant à la hâte des précautions funef-
res pour le garantir du froid , on l'avoit
enveloppée fans lui donner le tems de
reprendre haleine , & qu'on l'avoit
fuffoquée par un excès de foin mal
entendu ! vous voyez , dans fes infirmités , l'effet que cette cruelle
journée produifit fur elle ; mais la

mesure de son infortune, n'étoit pas encore comblée. Il s'est écoulé, ce mois-ci, trente-huit ans depuis que cette scene affreuse fixâ l'époque de nos misères.

Toutes les portes étoient ouvertes, ainsi que cela se pratique communément en été, notre petit garçon atteignoit à peine la moitié de sa troisième année ; je ne puis dire s'il fut effrayé des cris aigus qui retentirent dans la maison : le fait est que, dans ces instans de confusion & de trouble, il franchit le seuil de la porte, pour n'y revenir jamais ! il suffit de vous observer que ce jour-là étant sorti de chez moi le plus heureux des époux & des pères, lorsque je rentrai, je me trouvai sans enfans, & touchant au moment de perdre mon épouse ! il plût cependant au ciel de préserver le seul lien qui pût m'attacher à la vie ; il ne permit pas que cet objet de mon tendre attachement succombât à son affliction ; sans doute il accorda ce bienfait à ma résignation.

Rassuré de ce côté , & m'occupant des moyens d'adoucir les cruels souvenirs qui empoisonnoient nos instants , je conçus l'idée de faire construire le petit Temple que vous avez vu sur la droite du premier ; j'y fis élever un petit Tombeau dédié à notre chère fille , & un autel , auquel nous portons tous les jours nos ardentes prières , pour qu'il plaise au ciel nous instruire du sort de notre fils ; quand même , dans les décrets de sa sagesse , il seroit arrêté que nous ne le reverrons jamais.

Voilà trente-huit années écoulées , & il n'a pas plu encore au père des Miséricordes de nous accorder cette grace ; ensorte que de la résignation , nous en sommes revenus aux louanges. Oui , nous louons Dieu de ce que la révolution de chaque année nous appro che du point où nous verrons enfin tirer le rideau ; où nos douleurs ceſſeront avec nous.

Tout le tems que le Docteur parla, l'Etrangère ne ceſſa de verſer des larmes. Lorſqu'il eût terminé ſon récit, elle prit la main de Miſtriss Withers, & la baiſant avec chaleur : ô Madame, lui dit-elle, puiſſé-je me montrer digne d'adoucir vos afflictions ! Un pouvoir inviſible m'a conduite ici, & tout ce que je pourrai faire ſera fait. Je ſens déja dans mon cœur toutes les impulſions de l'humanité & de l'affection. Preſſant enſuite contre ſon ſein la main dont elle s'étoit emparée, le ſilence qui ſuccéda à l'expreſſion de ſon premier tranſport, la ſurpaſſa en éloquence. A dater de cet inſtant, l'amitié la plus intime régna entr'elles. L'Etrangère continua de renfermer dans ſon ſein le ſujet de ſes profondes douleurs ; mais elle prit ſur elle de con-

tenir ſes larmes en préſence de M.
& de Miſtriss Withers ; & ſi de tems à
autre, il lui échappoit un ſoupir, c'é-
toit bien rarement, & parce qu'elle
n'avoit pu l'étoufer.

CHAPITRE

CHAPITRE V.

Village de Place-Neard.

LE lendemain à huit heures du matin, le Docteur se rendit à la Ferme d'*Heath*. Ma femme, dit-il à l'Etrangère, m'envoie pour vous prier de passer la journée avec nous. Si nous ne vous eussions jamais connue, nous eussions continué de nous contenter de nos amusemens bornés ; mais, du train dont nous y allons, il ne s'écoulera pas un long espace de tems, sans qu'il nous soit impossible de connoître d'autre bien que vous ; & je prévois le moment très-prochain où nous ne pourrons plus exister sans jouir des charmes de votre société.

Que vous me flattez agréablement, répondit l'Etrangère ! je sens que je deviendrai vaine, si j'ai le bonheur

Tome I. C

d'ajouter le moindre intérêt , le charme le plus léger à ceux qui font
attachés à votre vie champêtre. Vous
me trouvez donc prête à vous fuivre ,
& je vous préviens que le feul incon-
vénient que je crois pouvoir réfulter
pour vous de notre connoiffance, eft
la fréquence indifcrete de mes vifites.

Fort bien, prenez donc mon bras ,
dit le Docteur ; je crois avoir lieu d'ê-
tre convaincu que notre affection pour
vous eft mutuelle , que vous la parta-
gez. Partons l'un & l'autre de ce
principe. ---- Si avant d'entrer à la maifon, nous faifions un tour de Village ?
Je vous ferois voir les dehors d'un
hermitage, qui renferme le plus réformé
& le plus pur des cœurs humains ; ....
je crois même , en y réfléchiffant ,
qu'il eft à propos que je vous donne
dès à préfent une idée générale du
caractère de l'Hermite , attendu que
vous ne pourriez nous faire beaucoup

de vifites fans le rencontrer chèz nous.

Peu de tems après la cataſtrophe qui porta un changement ſi cruel dans nos pérſpectives domeſtiques, le haſard le conduiſit à *Place-Neard*. Je crois que mes conſeils lui furent de quelque utilité, au commencement de notre connoiſſance ; mais il a payé depuis au centuple le peu que je pus faire pour lui, de forte que ce n'eſt pas de fon côté que l'obligation exiſte entre nous. Droit, par principe ; obligeant, par caractère, libéral dans ſes fentimens, pieux dans ſa morale, il jouit d'une fortune conſidérable, dont il ne ſe réferve que ce qui eſt néceſſaire à ſa fubſiſtance : le reſte eſt le patrimoine des pauvres ; mais en diſpenſant les plus abondantes charités, l'oſtentation n'entre pour rien dans ſon motif, il ne publie pas au fon de la trompette les aumônes qu'il diſtribue ; il entre ſur le déclin du jour dans

C ij

l'humble cabane du pauvre, le tire à l'écart, fans affectation, entre en converfation avec lui ; en tire adroitement l'aveu de fes befoins ; quand il a tout entendu, il finit par lui dire qu'il a un ami riche auquel il efpère ne pas expofer envain fa fituation. Il laiffe écouler quelque tems pour donner de la vraifemblance à fa louable fupercherie ; mais on le voit toujours revenir avec les fecours qu'il a fait efpérer. Il fe retire enfuite dans fon hermitage, pour y jouir du plaifir fuprême que l'on goûte à faire le bien. — Ici le Docteur fut interrompu par une foule d'enfans des deux fexes qui, felon l'ufage conftamment obfervé, couroient au-devant de lui, toutes les fois qu'il approchoit du Village, lui préfentant les fleurs qu'ils pouvoient fe procurer, comme le tribut gratuit de leur refpect. Le Docteur les accueillit avec bonté, & les renvoya fatisfaits.

Quel fpectacle touchant, dit l'Etrangère ! en verité, mon bon Monfieur,
vous êtes évidemment le père, l'ami
& le fouverain de ce petit domaine. ---
Je ne puis me refufer, repondit le
Docteur, à la fatisfaction de convenir
que ces bonnes gens ont des égards
pour moi. — Des égards ! repliqua l'Etrangère ; vous employez une
expreffion bien froide pour dégui-
fer l'idolâtrie. La raifon en eft fimple,
c'eft que l'idolâtrie eft un pécké que
vous avez introduit parmi eux ; je me
fens prefque difpofée à vous envier
les fenfations dont vous devez jouir.
---En ce cas là, repondit le Docteur,
en fouriant, nous vous bannirons de
ce Village où la méchanceté & l'en-
vie font abfolument inconnues , &
feroient trop dangereufement introdui-
tes fous les dehors d'un ange de paix,
tel que vous paroîffez être. Mais voici
notre Hermite.

C iij

En effet, dans ce moment là, Monfieur Crosby aborda : la fimplicité & la piété qui formoient le caractère diftinctif de fes traits, l'euffent fait prendre pour un Dervis. --- La politeffe, dit le Docteur, exigeroit peut-être que je vous préfentaffe cette jeune Dame, qui embellit depuis peu notre voifinage ; mais, à vous dire la vérité, j'ai quelques raifons particulières de m'écarter de cette régle, toutes les fois qu'il s'agit d'elle. Je me fens la jaloufie d'un Turc, je ne puis fouffrir un rival près du trône. Il faut que vous fachiez que je fuis, dans nos cantons, fa premiere connoiffance ; ce qui m'affure le droit inconteftable d'écarter toutes celles qui fe préfenteroient. Ainfi, veuillez bien prendre ce que je vous dis, pour le confeil que je vous donnerois de nous éviter, & de paffer votre chemin.

Monfieur Crofby ne fut pas auffi

docile que fon état d'Hermite l'eût fup-
pofé devoir être, il fuivit les pas de
l'Etrangère, lui fit d'agréables complimens, & l'aimable trio parcourut,
en converfant, toute l'étendue du Village. L'Etrangère obferva qu'il étoit
compofé de vingt-trois maifons agréablement difperfées, & s'étendant du
fommet d'une éminence jufqu'a la plai-
ne, la partie fupérieure dominoit fur
le port & fur l'arfenal. Chaque habitant, fuivant l'exemple du bienfaiteur
commun, avoit un petit jardin devant
ou derriere fa maifon; & la plantation non interrompue des cyprès. &
des faules qui ombrageoient ces paifibles demeures, donnoit à l'enfemble
l'apparence d'un feul & vafte jardin.
Un ruiffeau roulant des ondes auffi
pures que celles de Caftalie, murmu-
roit en fuyant fous les fleurs ; tout
étoit enchanteur, aucuns poëtes n'ont
chanté ce féjour d'innocence & de

paix ; c'eſt que le Village de *Place-Neard* eſt fort éloigné du tumulte des villes, où ils font ordinairement leur réſidence ; ou bien parce que ſes habitans ſont naturellement ſans ambition.

L'Egliſe eſt un édifice ſimple, mais d'une bonne ordonnance & ſingulièrement remarquable par la beauté de ſon ſite, beauté d'autant plus digne d'obſervation que les avis ſont partagés ſur les effets qu'elle produit ; les uns l'admirent en plein jour, d'autres la diſent infiniment ſupérieure pendant le clair de la lune ; le côteau, la mer, l'Hermitage, l'azile ſouterrein des morts, les demeures pittoreſques des vivants, tout concouroit à former un de ces payſages qui attachent & enchantent.

Que ne vous dois-je pas, Monſieur, dit la belle Etrangère, pour la peine que vous prenez de familiariſer ma vue avec le ſpectacle de la nature,

telle-qu'elle fortit des mains du créateur !
qu'elle eft belle ! Toute les fois que
d'horribles fouvenirs viendront me tourmenter, que je me trouverai affaillie par
le fombre défefpoir, je me refugie-
rai avec l'honnête Marthe fous ces arbres touffus ; je reviendrai chercher des
confolations dans cette azile ; je m'ac-
coutumerai ainfi à ne placer ma confiance que dans l'auteur de l'univers,
qui ne difpenfe jamais la calamité,
fans placer l'adouciffement à côté,
comme fi, dans fa bonté, il en pro-
portionnoit le poids à nos forces. C'eft
cet être bienfaifant qui m'a fait paffer des tenèbres à la lumiere, & des
bords du tombeau, qui s'ouvroit fous
mes pas, aux douceurs confolantes de
la réfignation.

Vous étes, répondit le Docteur,
la plus aimable des pupiles dont il
foit poffible de defirer la direction.
Que vous foyez heureufe ou non,

C v

vous avez reçu de la nature le don de difpenfer le bonheur. Mais j'oublie que pendant que je jouis ainfi de votre converfation, j'en prive mon époufe; permettez donc que nous prenions le chemin du jardin, & daignez vous charger de m'excufer près d'elle. En prononçant ces derniers mots, & ayant invité l'Hermite à dîner, il arriva à cette allée du jardin, qui conduit en ligne directe à la maifon, & préfenta fes deux convives à Miftriss Withers.

CHAPITRE. VI.

L'Hermite de Place-Neard.

LE Docteur Withers n'ayant qu'ébauché l'Histoire de l'Hermite, il est probable que le Lecteur seroit bien aise de la connoître plus en détail.

Après la perte de ses enfans, le pauvre Docteur fut près de trois ans hors d'état de visiter ses malades. On le voyoit errant dans la campagne, plus que négligé dans ses vêtements, se parlant à haute voix, & paroissant n'avoir aucune connoissance des objets qui l'environnoient.

Étant le fils cadet d'une veuve qui aimoit éperduement son aîné, il n'en avoit reçu qu'une éducation décente, & une somme une fois payée pour son apprentissage : de sorte que, très jeune encore, il ne se trouva d'autres

C vij

moyens de fubfiftance que l'exercice
de fa profeffion , qui, dans fon état limi-
té , étoit celle de Chirurgien ; mais fes
talens naturels , & fon application le
rangèrent bientôt dans la claffe des
Médecins célèbres. Aucun de fes con-
frères ne pouffa plus loin les connoif-
fances en Chymie & en Anatomie. Le
hafard le conduifit dans le *Devonjhire*
où il époufa l'aimable fille d'un Capitaine d'Invalides, appartenant au dépar-
tement de Plymouth, & n'eut, avec
elle, que quelques centaines de livres
fterlings pour dot. Mais fa profeffion
le foutenoit, & l'aifance régnoit dans
la petite famille , lorfque le revers
cruel, qui penfa le priver de fa femme
comme de fes enfans, en le précipi-
tant dans l'état de défordres décrit
plus haut, le réduifit aux dernières
extrémités, lui ôtant abfolument la
faculté de vifiter fes malades, dont le
nombre très-confidérable , lui produi-

foit auparavant un ample revenu. Habileté, jugement, mémoire, tout paroissoit perdu pour lui, ainsi que sa félicité passée.

Un jour qu'il erroit à l'aventure, les yeux égarés (ainsi qu'ils l'étoient toujours, excepté dans quelques instans où ils s'animoient lorsqu'il se figuroit découvrir les traces ou entendre la voix de son fils) étant descendu du sommet pointu d'un rocher dont les eaux de la mer baignoient les pieds, il crut entendre un cri lamentable, & s'étant baissé pour examiner du côté d'où le son lui paroissoit être parti, il fut frappé d'étonnement, en appercevant un jeune homme accroupi dans une caverne, tous les caractères de la famine empreintes sur le visage. — L'infortuné se voyant découvert, recueillant ce qui lui restoit de forces, se précipita sur ses genoux, & supplia l'inconnu qui le surprenoit d'une manière si inattendue, de terminer ses peines en lui donnant la mort.

Le Docteur tressaillit d'horreur; jettant ensuite sur cet étrange supliant, un regard de compassion, mais, qui à cause du désordre dans lequel il se trouvoit lui-même, n'étoit pas propre à donner de la confiance à l'inconnu, d'où venez vous, lui dit-il?

Je me suis, dit le jeune homme, échappé d'un dongeon, où chargé de fers, j'ai langui dans les angoisses, dans les tourments que cause un jugement injuste, & infamant. Vingt-quatre heures plus tard, j'allois subir une mort ignominieuse; lorsque, par un miracle, (car j'ignorois alors qu'une main humaine y eût part) je vis tomber dans mon cachot des limes, pour me débarrasser de mes fers, & un billet par lequel on m'invitoit à sauter par une fenêtre dont on m'indiquoit la position, & qui donnoit sur une prairie voisine. Le

billet ajoutoit que j'y trouverois que-
qu'un difpofé à favorifer ma fuite. Je
n'hefitai pas à profiter de l'avis ; mais,
quelle fut ma furprife lorfqu'au lieu d'un
ami, je rencontrai un brigand dont la
figure audacieufe m'étoit entièrement
inconnue ! Il me dit qu'ayant commis
lui-même le meurtre pour lequel j'é-
tois condamné , il avoit conçû le
projet de me délivrer, afin que mon
fang ne rejaillit pas fur fa tête avec
celui de fa victime. Alors il me donna
le choix d'errer fur cette côte , jufqu'à ce qu'il fe préfentât un vaiffeau
qui fit voile pour des contrées éloi-
gnées, ou d'entrer dans une bande de
voleurs, à laquelle il appartenoit.

L'idée de conferver ma vie, à la
feconde condition me revolta ; il me
donna en conféquence une petite bour-
fe, & me mettant fur le chemin que
je devois fuivre, il me quitta. J'arri-
vai près de cette caverne, où j'ai paffé

sept jours & sept nuits, n'ayant de
subsistance que quelques fruits volés
dans un jardin voisin, & quelques
épis de froment arrachés à une meule;
mais je fuis jusqu'à mon ombre, &
je suis persuadé que quand même
j'aurois des provisions en abondance,
je ne pourrois jamais m'éloigner de
cette asile : je sens que je n'aurois
pas le courage de proposer à un capitaine de vaisseau de se charger de moi.
D'après ce court exposé de ma situation, vous pouvez juger, Monsieur,
si je ne regarderois pas comme un bienfait le coup qui termineroit à la fois
mon opprobre & ma vie.

. Je suis confondu d'étonnement, dit
le Docteur. Quoi! est ce donc le meilleur usage que vous puissiez faire de
votre délivrance ? — N'avez vous
jamais entendu parler de moi? Le nom
de l'infortuné Withers vous est-il connu! Levez les yeux sur moi, je suis

ce Withers qui n'a jamais fenti le bonheur qu'en le procurant aux autres. Infortuné jeune homme, confiez votre exiſtence entre mes mains, je reprendrai plus d'intérêt à la mienne ; je tâcherai d'améliorer notre ſort. Ma maiſon ſera votre azile : en vous attachant à la vie, je fixerai l'attention & les bontés du ciel ſur le cher enfant que j'ai perdu. En lui parlant, ainſi, il lui préſenta des amandes & des raiſins ſecs, dont il avoit toujours proviſion, pour régaler les enfans du Village ; & l'ayant aidé à remonter le rocher, il lui fit voir une caverne moins ſombre que celle où il l'avoit trouvé, à quelques toiſes du faîte, & l'engagea à s'y retirer, juſqu'à ce qu'à la faveur de la nuit, il pût le venir prendre & le conduire chez lui.

Cet événement fut le premier qui, depuis la perte de ſes enfants, eût pu porter de la conſolation dans l'ame du

Docteur. Il s'empressa de porter à son épouse le récit intéressant de son aventure : elle sentit de même pour la première fois, se réveiller en elle des sentiments assoupis. Les préparatifs qu'il fallut faire pour recevoir le jeune homme, la voix de l'humanité qui les dirigeoit, tira d'abord quelques larmes de la bonne Mistriss Withers ; son mari ne les vit pas couler sans y mêler les siennes , & ils éprouvèrent dans les bras l'un de l'autre , ce soulagement dont l'excès de leur douleur les avoit privés jusqu'alors.

Sur le déclin du jour, le Docteur fidele à sa parole, amena le jeune homme à *Place-Neard* , nom du petit domaine qu'il occupoit déjà , & ses soins secondés par ceux de son épouse , opérèrent sur l'esprit & sur la santé de cet infortuné , une révolution si prompte , qu'il fut quelque tems après en état de leur donner les détails suivans , sur sa naissance & son aventure.

Il leur dit qu'il se nommoit Crosbi; qu'il étoit fils d'un Négociant; destiné par sa famille à l'église, mais entraîné par son goût à l'étude de la Médecine; que s'étant livré à une société dissipée, il avoit été en diverses occasions engagé dans des parties de jeu; que quelques nuits avant qu'on l'eût arrêté pour un prétendu meurtre, il avoit perdu, d'un coup de dé, tout ce qu'il possédoit au monde; qu'ayant, avant ce dernier revers, épuisé son crédit près de sa famille & de ses amis, il n'avoit osé recourir à eux, & qu'il s'en étoit éloigné; qu'en s'arrachant ainsi à ses apuis naturels, il ne s'étoit formé aucun plan pour se soutenir; que dans cet état d'abandon, il eût sacrifié ses principes à ses besoins, s'il se fût présenté quelqu'occasion de se procurer de l'argent par les moyens les plus criminels, le meurtre cependant excepté.

Livré à ces funestes dispositions, le

hafard le conduifit fur un chemin, où
il rencontra le corps enfanglanté d'un
homme bien vêtu qui lui parut mort.
Il s'en approcha en tremblant, apperçut
qu'il avoit au doigt un brillant qu'il
fuppofa avoir échappé aux yeux des
affaffins ; il trouva auffi à côté une tabatière d'or ; il fe faifit de l'une & de
l'autre ; enfuite, faifant une paufe pour
réfléchir fur ce qu'il avoit à faire, il
crut que s'il donnoit l'allarme dans
les environs, le foin qu'il prendroit du
corps du défunt lui mériteroit quelque
récompenfe confidérable. Il prit en
conféquence ce parti. Sur fa dénon-
ciation, quantité de gens s'affemblèrent ;
mais après des pourfuites infruſtueufes,
ne trouvant aucunes traces des affaffins,
ils commencèrent à fixer leurs regards fur lui. Il étoit étranger, inconnu ; l'un d'eux plus fage que les autres,
confia fes foupçons à l'oreille de ceux
qui fe trouvoient plus près de lui. Ce

fon quoiqu'étouffé , électrifa tout le groupe , & lorfque le malheureux Crofby lut dans leurs yeux ce qui fe paffoit dans leurs ames , il tomba prefque en défaillance. Ses terreurs apparentes , ne faifant qu'augmenter en eux la mauvaife opinion qu'il avoient conçue de lui , la certitude fuccéda promptement au doute. Ils fe faifirent de fa perfonne , le fouillèrent ; la bague & la tabatière leur paroiffant des preuves inconteftables de fon crime , ils le traînèrent devant un Juge de paix , & de là en prifon.

Sa mauvaife réputation , l'abandon général de fes parens & de fes amis , étoient des circonftances fi défavorables pour lui, que, les preuves du meurtre paroiffant d'ailleurs évidentes , la fentence de mort fuivit immédiatement fon procès , qui lui fut fait dans toutes les formes , & la Cour applaudit d'une voix unanime à la décifion des jurés. Le

refte de l'hiftoire vous eft connue,
dit Monfieur Cro. y, en finiffant ces
détails.

La pauvre Miftriss Withers, qui ne
l'avoit pas perdu un inftant de vue tout
le tems qu'il avoit parlé, avoit été frappée de l'air de reffemblance qu'elle trouvoit entre lui, & le cher enfant qu'elle
pleuroit. Ce font les mêmes traits,
difoit-elle, autant qu'il eft poffible d'en
rapprocher les rapports entre la jeuneffe & l'enfance. Cette confidération
ajoutée aux motifs généraux d'humanité & de bienfaifance, redoublerent
le tendre intérêt que Miftriss Withers
avoit pris dès les premiers inftans au
fort de l'étranger, & elle fupplia fon
mari de redoubler de fon côté d'attention & d'égards.

Monfieur Crofby, fenfible à tant de
foins, eut la fatisfaction de marquer fa
reconnaiffance. Il avoit reçu une éducation capable de feconder fes talens

naturels. Lorsqu'il eut remarqué que le bien être de ses bienfaiteurs, dépendoit de l'occupation, plus ou moins suivie de M. Withers, dans l'exercice de sa profession, il s'appliqua à l'étude de la Chirurgie, & y fit des progrès si rapides, que la premiere fois qu'il parut en public, il fut annoncé comme assistant de son libérateur.

Il passa trois années dans cette occupation utile, & se perfectionna dans la Médecine-pratique, à un tel point que, sous les auspices de M. Withers, il obtint la confiance de toutes les personnes des environs qui l'avoient, dès longtems, donnée à cet honnête Médecin. Il se félicitoit de soulager ainsi son bienfaiteur, lorsque l'on apprit par les papiers-publics, que le vrai meurtrier dont il avoit failli d'expier le crime, ayant été arrêté pour un nouveau forfait, & n'ayant aucun espoir d'échapper au supplice, s'étoit avoué l'auteur

de l'affassinat imputé à Monsieur Crofby, & en avoit révélé toutes les circonftances, à la décharge la plus complete
de l'infortuné jeune homme.

Lorsque la vérité perça, sa mère
étoit morte de douleur ; son frère &
ses deux sœurs, s'étoient transportés
aux Indes, ne pouvant supporter la
tache imprimée sur la famille. Monsieur Crofby, n'osa s'adresser à son
père, attendu que l'aveu du vrai meurtrier, ne le lavoit pas de la honte d'a-
voir volé un cadavre. M. Withers,
prit sur lui d'écrire à l'honnête vieil-
lard ; l'informant que son fils se portoit
bien, suivoit une profession décente,
& vivoit en homme d'honneur. Sur le
témoignage de cet excellent homme,
le père révoqua son exhérédation, &
laissa en mourant, à ce fils infortuné,
une portion de ses biens, égale à celles
de son frère & de ses sœurs.

Monsieur Crofby hérita par ce
moyen

moyen d'un patrimoine confidérable,
excédant trente mille livres ſterlings.
Auſſi-tôt qu'il en eut priſ poſſeſſion, il
acheta le côteau au pied duquel le bon
Docteur l'avoit trouvé ; le bâtit, le
planta, & le diſtribua de la manière
dont on a vu la deſcription, Monſieur
Croſby, en commémoration des ſervices
que ce digne mortel lui avoit rendus,
voulut que le nombre des maiſons,
fut celui des années qu'avoit alors ſon
bienfaiteur ; voilà pourquoi on n'y en
compte que vingt-trois. Il s'attacha
d'ailleurs à répandre par tout des emblè-
mes, qui n'étoient intelligibles que pour
ſes amis & pour lui-même. Pendant
que ces travaux s'exécutoient par ſes
ordres, il travailloit lui-même à la
réparation des jardins du Docteur Withers, qui avoient ſouffert de l'abſence
de ſon eſprit ; & à l'embelliſſement
des deux petits Temples dont il a été
parlé. Tandis que ſa bienfaiſance, fon-

Partie I.   D

doit une espèce de colonie, sa reconnoissance en embélissoit le chef-lieu ; tout
se rapportoit à ce sentiment; le plus
grand bien être du Docteur Withers,
formoit l'ambition de Monsieur Crosby.
Il répara dans la même vue , l'Eglise
qui n'appartenoit pas au territoire qu'il
avoit acquis , & il lui fit présent de
quatre cloches & d'une orgue dont
il touchoit seul aux jours de solemni-
tés. Il fonda six maisons de charité pour
un nombre égal de vieilles femmes; une
école pour douze enfans mâles, auxquels il assigna une somme convenable pour entrer en apprentissage à
un certain âge. Il institua aussi une
fête annuelle , à la célébration de laquelle
il assigna une rente perpétuelle de vingt
guinées, désirant que ces bons villageois
& leurs petits neveux , se réjouissent ,
un jour de l'année , en mémoire de son
libérateur.

Tant de soins , tant de reconnois-

fance, des égards fi touchans, produifi-
rent infenfiblement fur l'efprit de M.
& de Miftriss Withers, l'effet que le
généreux Hermite s'en étoit promis ;
leur profonde douleur perdant chaque
jour une nuance plus ou moins forte
de fes fombres fimptômes, ne laiffa avec
le tems d'autres traces fur leurs vifages,
qu'un fourire niais, indiquant à la fois un
excellent cœur & un efprit diftrait.
Ils avoient, à tout prendre, l'air un
peu romanefque, & l'habitude qu'ils
contractèrent de faire ou de dire des
chofes férieufes d'une manière prefque
gaye ou fingulière, déceloit à l'œil de
l'obfervateur, une caufe fecrette qui
agiffoit en eux, à leur infu.

CHAPITRE VII.

Conversation.

M. Crosby, invité à dîner, avoit accepté la proposition avec plaisir. Il fit compliment à M. & à Miftriss Withers, de l'acquisition qu'il avoient faite dans la perfonne de leur nouvelle amie : il en parut enchanté. — Comme notre petite fociété s'étend infenfiblement, dit-il au Docteur; la digne Miftriss Quinbrook, ne nous a pas quittés pour long-tems, & je viens d'apprendre qu'à fon retour, elle nous amenera le Capitaine Mims. En vérité, fi nous favons tirer parti de circonftances fi favorables, on ne peut en défirer qui promettent davantage.

Faites tant qu'il vous plaira l'éloge de la fociété ; perdez vous en complimens tout à votre aife ; pour moi, répondit le Docteur, je n'en ai point à faire, & j'ai beaucoup à me plaindre de cette belle Demoiselle dont vous nous faites valoir l'acquisition ; & quand vous saurez tous ses torts, vous ferez cause commune avec nous. Vous douteriez-vous, qu'avec cet air de bonté angélique, elle étoit si fort éloignée de nous destiner le bonheur que vous nous enviez, & dont nous jouissons en effet, que pour la conduire à *Place-Neard*, il a fallu presque en venir à la violence ? Quels qu'ayent pu être ses motifs de nous fuir, je ne vois de réparation proportionnée à ses rigueurs, qu'un aveu sincère de sa faute, & une petite confidence sur la nature des attraits qui l'attachoient à sa solitude.

Des erreurs abjurées, dit la belle Etrangère, font aumoins des erreurs expiées : telle est notre manière de penser dans l'Inde. Voulez vous savoir ce qui m'y avoit induite ? le voici. Ayant eu le malheur de faire la traversée avec des petits-maîtres & des étourdis, j'ai été assez généreuse & assez sage, pour penser que je n'avois pas autre chose à craindre en Angleterre; que par conséquent, je n'avois d'autre bonheur à y prétendre, que celui que l'on peut se procurer en conversant avec soi-même, dans la plus-rigoureuse retraite.

C'est donc, répliqua le Docteur, d'après cette équitable estimation que vous avez jugé du caractère & des mœurs de l'Angleterre? c'est donc sur le vaisseau qui vous a conduite parmi nous, que vous avez commencé votre cours d'étude, pour devenir misanthrope? vous l'avez entendu de sa propre bouche, M. Crosby : quelle vengeance tirerons-nous d'une prévention si offensante?

Je m'avoue coupable, dit la belle Etrangère :—— ce n'est pas assez pour cesser de l'être, répondit M. Crosby, quoique vous vous condamniez vous-même; il faut que nous vous pardonnions, & nous fommes difpofés à le faire, à une condition peu-dure : donnez nous une idée générale des paffagers qui ont fait la traverfée avec vous.

Trois jeunes Officiers, que vous euffiez pris pour autant de Narciffes, & quatre jeunes perfonnes de mon fexe, auffi legères, auffi frivoles dans leur langage & leur conduite, que fi leur deftination fur la terre fe bornoit à voltiger, à minauder, à agacer, & mandier des hommages.

Charmant groupe, en vérité, dit Miftriss Withers ! — Mon cœur, quoique déchiré par de mortelles angoiffes, étoit rempli d'images fublimes, effet inféparable de l'éducation que nous recevons dans l'Inde, où l'on s'attache à nous pénétrer, dès notre plus tendre enfance, des merveilles de la création, & des bontés du Créateur; cette doctrine

D iv

eſt ſi fortement inculquée dans notre eſprit, que nous n'admirons jamais le talent
d'un artiſte ſans élever notre penſée vers
celui qui le lui a diſpenſé. Si nous portons
nos regards ſur ce qui eſt beau ou excellent en ſoi, nous n'y voyons pas la main de
l'homme; mais nous y reconnoiſſons celle
de l'Eternel qui préſente à nos yeux ces
images de perfections, pour nous fournir
l'occaſion de contempler leur origine
divine.

L'ame remplie de pareils ſentimens,
& tombée tout à coup en pareille compagnie, vous jugerez aiſément de mon
étonnement, & combien je dûs être
frappée de la différence que je remar-
quai entre ce que j'étois accoutumée à
regarder comme le langage de la nature & du bon ſens, & ce que je voyois
être celui de la Société polie, & de la
bonne compagnie. — S'il m'arrivoit,
par exemple, de faire remarquer à un
d'eux la hauteur du Soleil, & d'eſti-

mer en conféquence l'heure du jour,
il tiroit fur le champ une montre fu-
perbe, & il étoit évident, par la manière
dont il l'étaloit à mes yeux , qu'il s'attendoit à me voir [plus frappée de la beauté , du fini de l'ouvrage , que de la ma-
jefté radieufe de l'aftre qui régle le jour.

Si , frappée de la beauté de la Lune ,
des effets que produit fa réflection fur le
fein de la mer ; ou fi fixant mes yeux
fur ces groupes de diamans épars fur
la voûte azurée , je m'avifois de faire
part, à l'une des femmes, des fentimens
que ce fpectacle élevoit dans mon ame ,
on me faifoit fur le champ la defcription de quelque décoration de théâtre ,
on me vantoit l'habileté du Peintre, la
perfection de l'imitation , & l'on s'é-
tonnoit prodigieufement de ce que je
ne paroiffois pas difpofée à jouir du
grand fpectacle original dans l'enceinte
étroite d'une falle d'opéra, & à préfé-
rer les foibles effais de l'art à ce vafte

horifon qui enchantoit mes fens en éle-
vant mon ame.

Si je parlois des fenfations délicieufes qui fe renouvelloient en moi au
moment où le jour fe renouvelloit, les
deux fexes fe réuniffoient pour m'entretenir de l'aurore & de fon char;
de même, au moment où les rayons
du Soleil , en fuyant l'horifon , en
doroient le point occidental , & où
mes idées étoient fupérieures au vol le
plus élevé de l'imagination , on m'entretenoit de la vifite que Phœbus rend
à Thetis !

Hafardois-je une feule réflexion fur
l'arc-en-ciel , j'étois régalée à l'inftant
de l'hiftoire entière d'Iris ; & il étoit
évident que cette féparation de couleurs
qui conftitue le phénomène , étoit beaucoup plus admirée comme un effet
curieux du prifme , que comme le prodige d'une main divine. Ajoutez à tout
cela que les accès de chagrin qui fe

renouvelloient en moi par intervalles,
fournissoient continuellement au bel
esprit des plaisanteries portées jusqu'au point de me tourner en ridicule.
Des yeux aussi brillans que les miens
n'avoient jamais été formés pour répandre des larmes ; & mille autres propos également plats, insipides, insultans,
regardés cependant comme autant de
complimens, me mirent cent fois dans
le cas de me demander à moi-même, laquelle étoit la plus insupportable de la
gayeté ou de la cruauté des gens du
monde ? Mais dans votre société, Madame, dans celle du Docteur & de
votre ami, je me sens affranchie de
ces entraves polies qui m'avoient tant
offusquée ; & sure de parler toujours
d'après mon cœur, je serai toujours
intelligible.

En vérité, dit Mistriss Withers, la
conversation des personnes qui se font

familiariſées avec le livre de la nature ;
eſt une ſource intariſſable d'inſtruction
& d'agrément. Un eſprit bien fait n'en
omet pas une ſeule page. — Ces nuages colorés qui fuient devant nos yeux ,
ces parfums qu'exhale le parterre , cha-
cune des fleurs qui les fourniſſent ,
tout eſt pour nous un objet d'admiration ; tout fait partie de cet enſemble
immenſe , dont la nature eſt le corps ,
& Dieu l'ame.

Voilà des vérités, dit l'Etrangère ,
que je ſuis charmée de retrouver en
Europe ; mais , Madame , pourriez-vous
me rendre raiſon de cet orgueil inſenſé
qui détermine l'homme à rougir de
l'état de dépendance dans lequel il ſe
trouve à l'égard de cet être dont il
tient tout ce qu'il poſſède ? pourriez
vous me dire pourquoi il s'arroge des
droits & des prétentions à des choſes
pour leſquelles, non ſeulement il n'étoit
pas né , mais dont il faut qu'il ſoit

féparé par la mort? à des biens périf-
fables qui, comme les fleurs, naiffent
pour vivre un inftant, & paffer à fa
vue? à des objets, enfin, qui perdent
de leur valeur, en proportion de ce
qu'ils font plus à leur portée?

Notre abfurdité, dit M. Crosby,
feroit égale à celle des infenfés auxquels vous faites allufion, fi nous nous
croyons capables de définir leurs pen-
chans; qu'il nous fuffife de fentir & de
préferver notre fupériorité, & cette
heureufe difpofition qui nous raffem-
blant aujourd'hui, nous a fait parti-
ciper dans cette confervation à ce que
le Poëte nomme, l'effufion de l'ame &
le banquet de la raifon.

CHAPITRE VIII.

Le bel Esprit.

LE chapitre précédent est le plus ennuyeux de tout l'ouvrage. Quoique la scène continue d'être à *Place-Neard*, elle sera à présent d'un coloris plus frais, plus vif, plus agréable, & l'on s'écartera rarement des régles prescrites par le bon ton.

Le Recteur de la Paroisse ne tarda pas de se mettre sur les rangs, pour briguer la faveur d'être présenté à la belle Etrangère; il étoit bel esprit par étude, & Curé de son métier ; il desservoit l'Eglise, pour recevoir les émolumens attachés aux fonctions Ecclésiastiques; & passoit le reste de sa vie à la poursuite du bonheur, dont il embrassoit sans cesse l'ombre, qui lui échappoit toujours.

Comme le Docteur Withers étoit

la perſonne du monde qui lui en impoſoit le plus, il s'attachoit, en préſence de l'honnête Médecin, à étaler plus de ſavoir claſſique que de ſavoir vivre ; mais il n'avoit pu dérober à ſa connoiſſance, quantité de petites anecdotes qui avoient tranſpiré & trahi ſes principes ; enſorte que M. & Madame Withers, ſavoient à quoi s'en tenir ſur le compte de M. Swinborne ; il s'enſuivoit qu'ils n'en faiſoient pas beaucoup de cas : cependant, ils ne pouvoient lui fermer leur porte, tant qu'il continuōit de ſe comporter décemment à leur égard ; & ce qui les rendoit plus circonſpects encore, c'eſt qu'il étoit fils du dernier Paſleur, dont la mémoire leur étoit chère. Il étoit naturel que le Village s'entretînt de la belle Etrangère ; une fille ſi jolie, ayant tant de talens, ſi peu de connoiſſances, il y avoit quelque choſe de plus ou de moins dans tout cela ; quelque cauſe cachée qui

lui faifoit craindre le grand jour.
Il ne manquoit même pas de gens
qui tiroient de ces circonftances les conclufions les plus défavorables, Quoiqu'on
ne conçoive pas aifément comment les
cœurs les moins corrompus font les
plus ouverts au foupçon, il n'en eft pas
moins vrai que dans la vie champêtre,
tout cé qui s'écarte de la routine ordinaire devient fufpect, & que fe cacher
ou être coupable revient au m ême
pour des efprits fimples qui croyent
fermement que le crime feul doit fe
cacher. Il n'eft donc pas étonnant que
vingt-quatre heures après que le Docteur Withers eut été appellé au fecours
de la belle Etrangère, il ait couru fur
fon compte une multitude d hiftoires,
dont celle qui parut s'accréditer le plus,
fut que c'étoit une Princeffe errante ; &
le Capitaine de vaiffeau qui l'avoit dé-
pofée à la Ferme, fut choifi pour le
Héros du drame.

Le révérend M. Swinborne, après avoir raifonné à fa manière fur les diverfes circonftances de l'apparition de l'Etrangère dans cette partie retirée du pays; de fa réfidence dans une humble Ferme; de *l'accident* qui avoit rendu le fecours d'un Médecin néceffaire, finit par adopter l'opinion dominante fur fon compte, & fe crut en conféquence en droit de fe mettre fur la lifte d'offrir fes fervices & fes hommages. Comme il étoit naturellement galant, & paffablement avantageux, rien ne lui parut fi fimple, fi fort à la bienféance de l'une & de l'autre, que de former une liaifon de cœurs entre deux êtres, dont l'un fe confumoit dans la folitude.

Telles étoient à-peu-près les difpofitions générales du Village; mais comme le Docteur Withers, paroiffoit avoir conçu pour l'Etrangère des fentimens tout à fait oppofés, & que

fa façon de penfer étoit dans tous les
cas prépondérante, l'on convint unani-
mement de porter en fa préfence le
mafque de l'approbation , & de travailler furtivement à établir la vérité des
conjectures auxquelles on s'étoit arrêté.

Miftriss Withers avoit tant de ménagemens pour la délicateffe de fa jeune
amie , & craignoit fi fort de la gêner
en groffiffant le cercle de fa fociété ,
avant d'avoir préparé fon efprit & fon
goût, qu'elle avoit différé jufqu'alors
d'inviter M. Swinborne à manger avec
elle. Le Recteur impatient n'attendit
pas cet acte de cérémonie, & s'in-
vita lui-même. Ce fut en cette occafion que le bon Docteur, prévoyant
le mauvais effet qui pourroit réfulter
d'un défaut de précaution, pria la charmante Etrangère de vouloir bien choi-
fir quelque nom par lequel on pût la
diftinguer , & prévenir les queftions
impertinentes auxquelles la fingularité

de n'avoir point de nom propre, pourroit fréquemment donner lieu, à mesure que le nombre de ses connoissances augmenteroit.

O! Monsieur, dit l'Etrangère, si vous avez en Angleterre un nom plus expressif que tout autre pour caractériser l'infortune, donnez le moi; car je suis l'enfant de la misère, le rejetton de... — mais vous m'entendez sans que j'en dise davantage.

Le Docteur Withers, ne répondit rien. — La belle Etrangère recueillant ses esprits, lui dit: Il est une expression orientale qui, peignant tout ce que l'on pourroit dire dans un volume au sujet de l'infortune, répond parfaitement à mon objet. Ce nom est *Zoraïda* : y auroit-il trop de singularité, Madame, à m'appeller Zoraïde ?

Le Docteur & sa femme l'assurèrent qu'ils trouvoient très-agreables le nom de Zoraïde; mais lui observè-

rent. qu'en Angleterre, il falloit qu'il
fût précédé par l'addition de Miff. Que
pour une Demoifelle bien née, l'ufage
vouloit que l'on préférât le nom de
famille à celui de baptême, parce qu'il
n'y a pas d'autre moyen de la diftinguer de fes humbles voifines, qui n'ont
aucun droit à ces diftinctions polies.

Je ne prétends pas, repliqua l'Etrangère, former une exception à une regle
générale & nationale ; permettez-moi
cependant de vous obferver qu'indépendamment de tout ce que fignifie
le mot Zoraïde, il a l'avantage d'écarter de lui la dignité, la fupériorité &
les prétentions élevées ; c'eft donc en
diminuer le prix que d'y ajouter quelque chofe ; mais comme je faurai l'apprécier dans mon cœur, les Anglois
peuvent m'appeller Miss, ou ajouter tels autres épithetes qu'ils jugeront
à propos, à mon bien-aimé nom de
Zoraïde.

Ce point étant arrangé, Miſtriss Withers l'informa qu'on n'auroit pas ce
jour là le plaiſir de voir M. Croſby,
attendu qu'une oppoſition abſolue de
ſentimens & de manières entre lui &
le Recteur, leur avoit fait prendre le
parti de s'éviter réciproquement. Vous
ferai-je le portrait de ces deux hommes
en peu de mots, dit l'excellente femme ?
l'un, quoique Prêtre, eſt homme du
monde: l'autre, quoiqu'habitant de la
terre, eſt un Saint dans le Ciel. Son
père l'avoit deſtiné à l'Egliſe, & lui
avoit donné l'éducation convenable à
cette profeſſion; en conſéquence, du
moment où M. Withers fut en état
de reprendre ſes fonctions comme
Médecin, M. Crosby reprit ſes études,
reçut les ordres ſacrés à *Exeter*, &
nous a toujours fait eſpérer, que
dans le cas où M. Swinborne ſeroit
élevé à un bénéfice plus avantageux,
ou emporté par la mort, il ſe char-

geroit lui-même des fonctions de notre Pasteur spirituel.

Ce que Mistriss Withers avoit dit à Zoraïde du Recteur dont la visite étoit attendue, étoit peu propre à la prévenir en sa faveur ; elle ne put dissimuler sa surprise de ce que la porte de ses respectables amis étoit ouverte à un homme dont ils n'approuvoient pas les principes.— Comment pouvez-vous dit-elle, sacrifier une journée entière à des civilités de pure forme ? je n'aurois pas soupçonné vos cœurs d'être subjugués par l'opinion.—Je serois assurément fâchée d'offenser qui que ce soit ; mais, plus certainement encore, quiconque ne me paroîtroit pas digne de mon estime, de mon attachement, n'obtiendroit de sa vie un sourire de moi. C'est du moins sur ces principes que nous agissons dans l'Inde, & nous croyons avoir pour nous l'approbation de tout mortel né pour apprécier l'efprit de l'honnête indépendance.

Ma jeune amie, dit Miftriss Withers, il y a quelques années que la fincérité a été tranfplantée de fon fol natal : je fuis bien aife d'apprendre qu'elle a pris racine & qu'on la cultive dans les climats chauds où vous avez reçu le jour ; mais quoique, parmi nous, l'extérieur fe conforme à l'ufage, l'efprit conferve fa pureté, & ne fe prête qu'à cet échange de civilités que nous regardons comme abfolument effentiel à la paix & au bon ordre de la fociété. Par exemple, dans le cas de M. Swin-borne, il ne peut fe plaindre de notre diffimulation ; nous n'en avons point avec lui : il fait ce que nous penfons de lui, il fait que nous défap-prouvons & fes principes & fa conduite ; dans certains cas nous le lui faifons entendre ; dans d'autres, nous le lui déclarons pofitivement. Cette manière d'agir de notre part, produit un

bien, en ce que nous le forçons à
conferver du moins les apparences de
la décence, dans la crainte d'une exclu-
fion tótale ; ce qui feroit une priva-
tion fenfible dans un endroit où il
n'auroit pas d'autre fociété à recher-
cher. Ajoutez à cela que ces égards de
pure bienféance préviennent les éclats,
les ruptures & tous ces excès que des
citoyens paifibles fe font une loi d'éviter. On péut donc regarder ces fortes
de ménagemens, comme autant de
coups de fineffe fociale qui, des deux
parties qui en font l'objet réciproque,
ne trompent point l'une & ne désho-
norent pas l'autre.

Quelle que fût d'ailleurs la vénération de Zoraïde pour la bonne Miftriss
Withers, elle n'étoit rien moins que
convaincue par des raifonnemens qui
lui paroiffoient tout au plus fpécieux;
elle vouloit qu'aucune confidération
humaine ne pût influer fur la fincérité,

&

& regrettoit amèrement qu'il y eût autant de différence entre la manière de voir dans l'Inde & en Angleterre, qu'il s'en trouve entre les climats des deux contrées.

M. Swinborne avoit fait de grands préparatifs pour sa visite, il avoit sacrifié aux graces, & si l'on en excepte la couleur de ses vêtemens, tout annonçoit en lui le petit-maître recherché. Il se plaignit amèrement de la cruauté avec laquelle Miſtriss Withers avoit différé si long-tems de le présenter à sa charmante Paroiſſienne, & se répandit en complimens & en louanges outrées, au point d'en perdre haleine ; mais il eut la mortification de remarquer que ses fadeurs, ses mines, ses minauderies étoient en pure perte ; que cette routine de persécution polie dont il s'étoit promis tant d'effet, n'avoir produit aucune impreſſion. Envain cherchoit-il dans les yeux de la belle Etran-

gère , les traces du plaisir qui cherche
à se cacher ; il ne les trouvoit pas ; le
même découragement étoit écrit sur la
bouche de Zoraïde , le sourire de l'approbation n'en dérangea pas un seul
instant le dessin régulier. — Elle est
insensible , se dit-il en lui-même , ou
la plus artificieuse des femmes.

Cependant Zoraïde ignorant le pouvoir de ses charmes , innocente comme
l'enfance , quoique défavorablement
prévenue sur le compte du Recteur ,
considérant qu'il étoit reçu avec égards
par M. & Mistriss Withers , crut cette
considération seule suffisante pour le
traiter avec respect ; ses questions sans
fin , la surprirent sans l'offenser ; & si
ses réponses furent concises , elles
étoient aussi civiles que faites à propos.

Le Docteur Withers connoissant l'im-
pression douloureuse que produisoit sur

elle tout ce qui pouvoit lui rappeler
fon pays natal, fit tout ce qu'il put
pour empêcher que la converfation ne
tournât fur l'Inde; mais remarquant que
malgré fes précautions, M. Swinborne
faififfoit les inftans où la converfation
ceffoit, pour introduire ce fujet auquel il revenoit avec acharnement, il
prit le parti de prier Zoraïde de chanter un air & de s'accompagner de fon
luth que l'on avoit fait apporter de
la ferme pour amufer Miftriss Withers.

Zoraïde céda poliment à la premiere
demande; mais à peine avoit-elle pré-
ludé que M. Swinborne la mit hors
d'état de continuer en lui parlant précifément de ce que l'on vouloit éviter.
— Allons, belle Miss, lui dit-il,
figurez-vous que vous êtes encore fur
les bords du Gange, & donnez-nous
quelques-uns de ces airs vifs & pa-
thétiques que vous étiez accoutumée de

chanter à l'ombre de vos pins & de vos palmiers.

A cette indiscrétion impardonnable, le Docteur Withers se levant avec chaleur, retira doucement l'instrument des mains de Zoraïde, sous prétexte qu'il n'étoit pas d'accord, & proposa sur le champ à M. Swinborne de le suivre pour voir quelques embellissemens auxquels on travailloit dans ses jardins. Les hommes étant retirés, & Joraïde restant seule avec Mistriss Withers, une conversation d'un genre plus touchant succéda à celle que le Recteur avoit rendue ridicule en y prenant part. — O ma chère Dame! quelle pauvre machine que mon esprit! Ce Monsieur m'a totalement déconcertée: il est vrai que, sans le savoir, il a rappellé à mon souvenir tout ce que je connois de cher & de déchirant dans l'existence. Se peut-il que ma sensibilité soit si forte & ma résignation si foible! hélas quand pourrai-je recouvrer ce calme que vos bontés avoient rétabli dans mon sein, & dont il m'a privée sans le vouloir?

Ma douce amie, répondit Miftriss Withers, la force d'ame devroit être inféparable de l'innocence. — Ah oui, repliqua Zoraïde : je fais que la philofophie l'a décidé ainfi ; mais ma bonne dame, fi je conviens que la philofophie donne d'excellens confeils à quiconque n'éprouve que des maux modérés ; convenez que du moment où l'efpérance expire, l'ame devient un cahos ainfi que la nature quand le Soleil eft éclipfé. Il ne refte que le fouvenir dont la cruelle fonction eft de centupler les horreurs de l'avenir, en rapellant les charmes du tems paffé.

Si je vous indiquois, dit Miftriss Withers, des fources de confolation, je ne les chercherois pas dans la philofophie. J'en connois une plus fûre, plus

E iij

fublime que je vous recommanderois
de préférence. Si la religion naturelle
nous enfeigne la foumiffion aux maux
que la fageffe humaine ne peut éviter,
la religion Chrétienne feule nous ap-
prend comment notre foibleffe peut
être convertie en force.

Je fuis votre pupille, répondit Zoraïde,
& j'adopterai avec docilité les principes
que vous daignerez me fuggérer. On
nous dit que l'exemple opère avec infiniment plus de force que le précepte ;
je réglerai déformais fur le vôtre mes
penfées & mes actions.

Tandis que cette converfation inté-
reffante_ fe paffoit dans l'appartement
de Miftriss Withers, fon mari en foutenoit une d'un autre genre dans les
jardins. Swinborne le fatiguoit de queftions au fujet de la belle Etrangere ;
elle eft très-élégante , difoit-il ; mais
on remarque dans fon langage & dans
fes manieres une dofe un peu forte de

pompe orientale : elle se donne les airs d'une femme de qualité.

Je ne sais, repondit le Docteur, pourquoi vous prétendez qu'elle affecte ce qui me paroît naturel en elle ; je ne vois qu'une éducation polie, & des liaisons intimes avec des personnes polies, qui ayent pu la rendre, à son âge, ce que nous la voyons être. Si vous entendez qu'elle a l'air d'une femme de qualité ; c'est à-dire, dans le cas présent, d'une fille bien née, bien élevée, nous sommes d'accord ; mais si vous prétendez qu'elle se donne cet air là, je vous répondrai qu'on ne se le donne pas sans être affecté & ridicule, & que quand on est ridicule & affecté, on n'a pas cet air là.

Je conçois, repliquoit Swinborne, qu'elle peut avoir reçu de l'éducation, ce qui ne suppose pas toujours de la naissance ; mais quant au reproche d'affectation dont vous voulez la laver, cher Docteur, elle la pousse jusqu'à la pédanterie : elle affecte, par exemple, d'avoir lû mes œuvres, elle cite Swinborne, & paroît avoir retenu quelques idées d'autres Ecrivains estimables ; cela n'empêche cependant pas que, pour les choses relatives au cours ordinaire de la vie, elle ne soit aussi novice que si elle étoit née hier.

Eh mais, reprenoit le Docteur, si ce n'est pas tout à fait hier, du moins il n'y a pas longtems qu'elle est née. Il faut considérer d'ailleurs qu'elle a perdu ses père & mère ; &, à tout prendre, je suis bien plus étonné de la trouver aussi instruite des choses qui appartiennent à l'esprit, au cœur, à l'ame, que je ne le suis de son ignorance relative à des riens de société, à des conventions de pure étiquette, dont la connoissance ne s'acquiert que dans le tourbillon du monde.

Swinborne demanda si elle étoit parente de Mistriss Quinbrook, & le

Docteur lui ayant répondu qu'il ne le croyoit pas ; — Il est bien singulier, continua le Recteur, qu'une femme de sens & de jugement, ait placé une fille riche & bien née dans une ferme, afile obscur où il n'existe pas un seul être en état de converser avec elle ; plus singulier encore, qu'après l'avoir déposée ainsi parmi des rustres, elle soit tranquillement partie pour Londres, deux heures après. N'étoit-il pas plus naturel & plus décent, qu'elle s'adressât d'abord à Mistrss Withers, qu'elle lui présentât sa protégée, la mît sous sa sauve-garde, & ne laissât pas cet événement au hasard ? car ce n'est pas un secret dans le village ; on sait que c'est le hasard, ou pour mieux dire, un accident qui a rapproché votre épouse & la jeune Etrangère. A vous parler franchement, l'affaire a été mal conduite, & je ne puis vous dissimuler, du moins j'ai des raisons de croire

que la réputation de votre protégée en
a un peu fouffert dans le voifinage.

Le penfez-vous ainfi, repliqua le
Docteur? He bien, s'il eft des méchans
dans nos cantons, que leur méchanceté foit leur châtiment. Soupçonner
Zoraïde, c'eft foupçonner la pureté
d'un ange. Si jamais la bonté, l'innocence & la vertu, fe font montrées
fur la terre fous une forme humaine,
c'eft fous la forme de cette fille charmante. Au refte, Monfieur, je ne vous
diffimulerai pas que je défirerois que
Miftriss Quinbrook nous eût procuré
fa connoiffance avant qu'elle l'eût conduite à la Ferme d'*Heath*; elle eût
trouvé ma maifon ouverte, ainfi que
mon cœur l'eft à l'eftime qu'elle m'a
infpiré; je vous dirai plus, je ne puis
compter au nombre de mes amis les
perfonnes capables de balancer même
un feul inftant, fur le dégré de refpect qu'elle doit infpirer, & fur le juge-

ment qu'il eſt convenable de porter à ſon ſujet.

Swinborne reçut cette mercuriale, comme ſi elle eût été adreſſée à tout autre qu'à lui. — Elle eſt charmante, dit il en tournant légérement ſur le talon. S'avançant enſuite négligemment vers le parterre, & frédonnant un air, il cueillit quelques œillets, une branche de mirthe, une autre de jaſſemin, & faiſant du tout un bouquet monté avec aſſez de goût, il reprit le chemin de la maiſon, & le préſenta à la belle Etrangère qui, ſans ouvrir la bouche, exprima ſes remercimens par une profonde révérence.

Le Docteur lui préſenta une ſeconde fois ſon luth, & ſans ſe faire prier, elle s'en accompagna en chantant pluſieurs airs indiens. Belle occaſion pour l'emphatique Swinborne, de louer la légéreté de ſes doigts, la variété, la beauté, la douceur dès paſſages: il la

E vj

nomma la fœur d'Apollon, la rivale
des mufes, la gloire de fon fexe, les
délices de la fociété. Ayant épuifé ainfi
fa riche imagination, enfin il prit congé à la grande fatisfation de cette petite
fociété; mais il ne manqua pas de dé-
clarer en fortant, que c'en étoit fait de
fa liberté, de fon repos; qu'il étoit
amoureux, amoureux fou.

A dater de ce moment là, ·on ne
vit que lui à la porte du Docteur Withers; il fe rendit fi importun, que
Zoraïde ne put fe difpenfer d'en porter
fes plaintes à fes amis. — Quel changement, dit-elle un jour à Miftriss Withers, eft tout à coup furvenu dans ce
nouveau genre de vie, pour lequel vous
m'aviez infpiré tant de goût! au lieu
de ce commerce charmant qui m'attachoit à votre fociété; je ne vois plus
que des journées prefqu'entieres s'écouler en vaines cérémonies & en complimens fatigans : tout ces riens polis

que débite ce M. Swinborne, font autant de larcins faits à de plus douces jouif-
fances ; le tems qu'il me fait perdre à
l'écouter eft perdu pour le fentiment ;
pour peu que cela continue, ce vifi-
teur impitoyable me forcera à reprendre mon ancien plan de retraite ; je
m'enfévelirai dans ma Ferme, & fi je
n'y vis pas heureufe , j'y vivrai du
moins fans perfécution.

Point de ménaces, ma douce amie, dit
Miftriss Withers ; elles font le langage
de la colère, & ce langage eft étranger à votre ame. J'ai fenti comme vous
tout le poids de l'importunité dont vous
vous plaignez , & j'avois conçu le projet dont je vais vous faire part ; nous
n'avons qu'un moyen de nous débarraf-
fer du Recteur : il faut engager M.
Crosby à fe placer entre lui &
nous ; je crois vous avoir déjà dit que
ces deux hommes ne peuvent jamais
fe trouver enfemble. Le point effentiel

eſt donc que M. Crosby s'empare de la place, & s'arrange de manière qu'il devance toujours les viſites de M. Swinborne. Nous ne pouvons que gagner doublement à cet arrangement.

Swinborne ne tarda pas à ſe douter du tour qu'on lui jouoit; chaque fois qu'il frappoit à la porte, Crosby paroiſſoit à la fenêtre, & l'importun Recteur ne manquoit jamais d'affecter beaucoup d'affaires qui l'appelloient ailleurs ; il étoit, diſoit-il extrêmement preſſé, il n'étoit venu que pour ſavoir comment l'on ſe portoit, & laiſſer, en paſſant, ſes reſpects pour les Dames. Convaincu enfin, après des tentatives auſſi infructueuſes que fréquentes, qu'il n'y avoit pas moyen de s'inſinuer dans les bonnes graces de l'Etrangère, ni de rien découvrir ſur ſon compte dans la maiſon du Docteur, il ſe détermina à tenter ſa fortune auprès des gens de la Ferme, eſpérant en tirer meilleur parti :

du moins, se disoit-il, j'aurai affaire à des gens simples qui seront flattés des honnêtetés que je ne manquerai pas de leur faire, au lieu que ce Withers, sa femme, l'Hermite, & la belle Étrangère, sont tous gens à la glace.

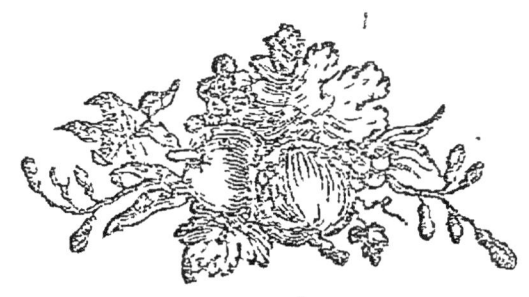

CHAPITRE IX.

L'interrogatoire.

LA résolution ne fut pas plutôt prise
que mise à exécution ; il n'y avoit pas
en effet de moyen plus plausible de
parvenir à ses fins. Les bons fermiers
d'Heath étoient la simplicité même ;
il pouvoit tourner leur ame à son gré,
leur faire des questions insidieuses, &
parvenir ainsi à savoir ce qu'étoit
l'Etrangère, d'où elle venoit, ce qu'elle
avoit fait depuis son arrivée, quels
étoient ses desseins pour l'avenir. Il se
félicita d'avoir conçu un projet qui ne
pouvoit lui avoir été suggéré que par son
bon génie, & qu'il étoit résolu de suivre avec toute l'activité dont il étoit
capable.

Ayant épié, en conséquence, le
moment où Zoraïde se rendoit chez
Mistriss Withers, il affecta de s'être

rappellé M. & Miftriss Léland, fes anciens paroiffiens, & de leur faire une vifite d'amitié. En traverfant la commune, leur dit-il, j'ai apperçu votre maifon, qui paroiffoit me reprocher ma négligence; car il y a longtems que la variété de mes occupations m'a empêché de témoigner à mes honnêtes voifins, l'intêret que je prends à eux : comment tout le monde fe porte-t il ici ? Tout refpire la profpérité. Et les chers enfans, — la bonne grand'-maman, & la fervante Nicole ! Que je fuis enchanté de vous retrouver tous avec des teints fleuris. Quant à vous Miftriss Léland, de grace, donnez-moi votre fecret; favez-vous qué vous êtes rajeunie?

Miftriss Léland, commère babillarde, naturellement crédule, & toujours prête à étouffer de gloire, lorfque quelqu'un de plus haut parage qu'elle lui adreffoit la parole, répondit à ce début de manière à dédommager Swinborne des frais qu'il avoit faits. Des révérences sans fin : des *« vous nous faites trop d'honneur »* annoncèrent les difpofitions défirées dans une femme qui, incapable de mauvaifes intentions, étoit également éloignée de les foupçonner dans autrui.

Swinborne étoit, lorfqu'il vouloit, l'homme du monde le plus affable, le plus infinuant : il commença par propofer au mari un tour de jardin. Là il eut la patience d'écouter, de l'air de l'interêt & du plaifir, tout ce que lui conta le bon-homme, des divers genres de culture qu'il employoit pour rendre ce petit terrein (en affez mauvais état dans le fait) auffi fertile, auffi délicieux, que Swinborne prétendoit le trouver. La defcription des divers engrais, le mélange des terraux, la forme des inftrumens avec lefquels fe préparoit cette terre féconde, rien ne fut oublié. Swinborne de fon côté,

n'oublia pas dans le dictionnaire une
feule des expreffions confacrées à l'adulation. Du jardin, l'on paffa aux cours
de la Ferme ; là, nouveaux détails de
la part du bon Léland : nouveaux complimens de celle du Recteur. Une four-
che, un rateau, le foc d'une charrue,
tout étoit objet d'admiration. Swinborne avoit épuifé le vocabulaire des
courtifans ; & rifquoit de refter court
au moment où on lui montroit une
truie qu'il difoit fimplement être d'une
beauté touchante ; lorfque, heureufement, Miftriss Léland vint le tirer
d'embarras en lui annonçant, fauf fon
refpect, qu'elle avoit préparé du punch
au lait, pour abreuver fa révérence ;
cette boiffon étant un régal du matin,
qu'elle fe garderoit bien de propofer
le foir. Elle finit par prier fa révérence
de vouloir bien entrer dans le *parloir*.
Swinborne l'eût embraffée volontiers
pour la remercier du fervice qu'elle

lui rendoit ; mais il feignit de se sépa-
rer avec peine du mari, dont il craignoit de n'avoir pas la compagnie à
la partie du punch au lait, attendu
ses occupations qui ne lui permettoient
pas sans doute d'exercer l'hospitalité en
personne. — Plaise votre révérence
m'excuser, dit le Fermier, si je prends
la liberté de dire honnêtement la vérité. Vous l'avez deviné, rien ne
peut se faire sans moi, & vous sa-
vez qu'il faut que l'ouvrage se fasse :
si un Fermier n'a pas l'œil aux
aguets, il est ruiné. Et puis, voyez-
vous, si le Receveur des rentes se pré-
sente & que l'argent ne soit pas prêt,
il n'y a pas moyen de le regarder en
face ; & puis les taxes. Dieu bénisse le
Ministre. — Le bon-homme parleroit
encore, si Swinborne impatient de se
voir tête à tête avec sa femme, ne lui
eût pas fait remarquer qu'en parlant de
l'économie du tems, il le prodiguoit ;

que d'ailleurs le punch au lait feroit éventé s'il n'étoit pris fur le champ, réflexion fur laquelle Miftriss Léland, infifta beaucoup. Elle congédia donc fon mari & s'empara du Recteur. — Les voilà tête à tête dans le parloir. Le punch fur la table, Swinborne preffant la Fermiere de s'affeoir, celle-ci fe confondant en révérences. — Je fais mieux me tenir à ma place, difoit-elle, s'obftinant à fe tenir debout. Je fais trop le refpect dû à fa révérence. — Lorfque je fuis en chaire, répondoit le Recteur, je conviens que je fuis votre fupérieur ; mais il eft d'autres momens pour les égards & l'égalité ; dans ce moment-ci, par exemple, nous nous rencontrons comme amis, jafons fur ce pied-là. Miftriss Léland, prit enfin une chaife, & la converfation s'étant foutenue quelque tems fur des objets indifférens ; *à propos*, dit tout-à-coup Swinborne, on m'a dit

que vous logiez chez vous une petite
divinité ?

C'eſt vrai, plaiſe votre révérence ;
elle ſurpaſſe la nature & tous ſes ou-
vrages ; mais la famille du Docteur
Withers s'en eſt depuis quelque tems,
emparée au point que c'eſt rarement
que je peux parvenir à échanger deux
ou trois mots avec elle. Cn'étoit pas
comme *ça* avant que le Docteur l'eût
vue. O dame , c'étoit un plaiſir ; elle
ne mettoit pas le bout de ſon joli
p'tit nez à la porte ; & , vous ſavez le
proverbe , faute de compagnie , elle
auroit jaſé des heures entières avec
moi.

. Mais, demanda Swinborne ; quel
eſt donc ce prodige de perfection , &
d'où vient-elle ?

Oh, pour ce qui eſt à l'égard de *ça*,
vous m'en demandez plus que j'n'en
fais ; mais , plaiſe votre révérence ,
j'vous dirai queque choſe ; c'eſt un beau

Monfieur qui me l'a amenée ; & il m'a dit qu'elle étoit venue tout le long du chemin d'au-delà la mer — Ah, ah, dit le Recteur, un beau Monfieur, & elle une belle fille ! c'étoit le moyen de faire paffer fur la longueur du voyage. Eh bien, à peine arrivée, elle fut in-difpofée, à ce que j'ai entendu dire ? Je crois que fans être forcier, on pour-roit expliquer cette indifpofition.

C'eft, en vérité, ce que vous ne pourriez pas, repliqua Miftriss Léland : vous avez beau me regarder d'un air, comme fi vous y entendiez fineffe. Elle eft innocente comme l'enfant qui n'eft pas encore né, & ne connoît pas plus le mal qu'elle ne penfe à en faire.

Voilà qui eft très-bien dit, reprit Swinborne, tout en elle eft honnêteté & bon naturel ; très-bien. Je parierois cependant, fi vous me permettiez feu-lement de jetter les yeux fur fon appar-tement, d'y découvrir quelques traces

d'une conduite oppofée à celle que vo‑
tre prévention lui fuppofe. — Je vous
en défie en fon nom, Monfieur, ré‑
partit l'honnête fermiere; car fi vous
en exceptez des colifichets de fcience,
comme ces groffes boules peinturées
que vous dites être comme le monde,
avec un foleil où on ne voit goutte,
Je foutiens que vous ne trouverez pas
un fêtu où il y ait à glofer.

Fort-bien, fort-bien. Miftriss Lé‑
land, ne vous échauffez pas : tenez,
voilà une piéce de cinq shellings, bien
frappée au coin du bon roi Guillaume
III. Je parie ce gros écu que vous n'o‑
fez pas me montrer fon appartement.

Suivez-moi donc, dit Miftriss Lé‑
land avec chaleur; & plaife votre réve‑
rence me dire quand .vous aurez tout
vu, qui eft-ce qui a raifon , qui eft-ce
qui a tort, moi de la regarder comme
un ange ; vous de la foupçonner une.—
Ici le Recteur portant fa main fur la
bouche

bouche de la bonne-femme, lui dit; tout beau, l'amie; fongez que vous parlez d'une perfonne de votre fexe, & ménagez vos expreffions.

La-deffus, ils enfilèrent la galerie, Swinborne fe félicitant d'être arrivé fi adroitement à fes fins, & la Fermiere fe réjouiffant de faifir une fi belle occafion d'établir la réputation de fa maifon en démontrant l'innocence de la jeune perfonne. Remplis l'un & l'autre de ces fentimens divers, ils entrèrent dans la chambre de Zoraïde.

Le premier objet qui frappa les yeux de Swinborne, fut l'efquiffe d'un deffin qui annonçoit la main de maître : Zoraïde s'en occupoit au moment où elle étoit fortie, & l'avoit laiffé fur fa table. Le Docteur confondu d'étonnement, après un court filence, prit la parole en ces termes. — D'où diable font venus ici tous ces favans colifichets, ainfi que vous les

Partie I.   F

nommez fi à propos ? On prendroit cet appartement pour une école confacrée aux fciences. A-t-on fait venir tout cela de Londres, ou bien a-t-elle apporté tout cet attirail de l'Inde ?

Tout cela vient de l'*Ande*, répondit Miftriss Léland, tout cela a fait le voyage de mer, & étoit emballé avec le plus grand foin. — Pour moi, plaife votre révérence, fi j'étions encore aux tems de la magie, je ne faurois trop que dire ; ça a l'air un peu forcier de la voir tourner en tous fens ces boules peinturées, & vous dire, comme fi elle pouvoit voir de fi loin, quelle heure il eft dans les pays les plus éloignés, & puis vous faire paffer en revue le Soleil, la Lune, les Etoiles. — Cependant, fi elle étoit forcière, comme le dit notre Marthe qui lui fait compagnie, du matin au foir, & du foir au matin, ça n'en froit pas plus mal pour le genre humain : car sûrement elle ne feroit point de mal à aucun habitant de la terre.

Ici Swinborne, prenant fa lorgnette qui étoit fufpendue à fon cou par un ruban noir, à la maniere des petits maîtres, après avoir examiné différens deffins, continua ainfi la converfation. — Quelle qu'elle foit, il eft évident qu'elle fe plait aux objets lugubres. — Oh, oh, une prifon, un tas de morts & de mourans! parbleu cela ne peut être que la caverne noire de Calcutta. — J'efpère que les barbares.... O, s'écria Miftriss Léland, vous me faites friffonner, me vlà dans une fueur froide, feulement de vous entendre parler de caverne noire; & puis des barbares: eft-ce que le nom feul ne vous fait pas trembler auffi? — Mais qu'c'eft donc joli pour vous autres gens du beau monde d'avoir comme ça deux paires d'yeux, je fuppofe que l'une aide l'autre, au lieu que les pauvres gens font obligés de s'en tenir à la paire qu'ils ont reçue du Créateur, & pourquoi ça ? C'eſt qu'ils ne peuvent payer les Lunetiers. — Ceci eſt plus lugubre encore, dit Swinborne, en portant le doigt ſur un autre deſſin. Voyez, Miſtriss Léland, une maiſon dont une partie eſt dévorée par les flammes, l'autre jonchée de cadavres. Voyez ces malheureux dénués de ſecours, que l'on maſſacre impitoyablement : *du ſang, du ſang, Jago* ! une ſcene d'horreur. — Mais que vois-je, que ſignifie ce troiſième deſſin ? Un Domeſtique en livrée étendu mort ; une jeune femme à genoux, arroſant ſon corps de ſes larmes ; cette jeune perſonne ne peut être qu'elle même. Je donnerois tout ce que je poſſede au monde pour avoir la clé de cette énigme.

Ici, portant les yeux ſur un autre petit deſſin — mais, continua-t-il, ceci eſt plus touchant encore. Quelle

perfection dans l'exécution de cette
urne : quelle beauté dans la jeune fille
qui la supporte. Plus je confidère, plus
je me perds ; rien de fi étrange que
tout cela. Ici je crois tenir un bout du
fil, là je le perds. Un des tiroirs du
fecrétaire ne fe trouvant pas fermé à
clé, Swinborne l'ouvrit ; il n'y trouva
qu'un petit manufcrit en langue Orientale, intitulé *Zoraïda*. Ses yeux, en
ce moment, ayant rencontré ceux de
Miftriss Léland, la fcène muette qui
fuivit, exprima mieux qu'on ne peut
l'écrire, combien ils fe trouvèrent l'un
& l'autre trompés dans leur attente.
Ils fecouerent la tête comme de concert ; ce qui prouveroit que quoique
la bonne Fermière n'eût pas voulu en
convenir, fa curiofité étoit au moins
égale à celle du Recteur, & elle n'eût
pas été plus fachée que lui de trouver des éclaircifemens fur le compte
de l'Etrangère. Tout le nœud de l'hif-

toire, dit Swinborne, revenant à lui,
eſt conſigné dans ce manuſcrit. Que
ne donnerois-je pas pour en avoir une
traduction ? — le ſecret eſt là, Miſtriss
Léland. Cependant, peut-être que la
jeune perſonne n'a point joué de rôle
dans cette ſcène de carnage ; il ſe peut
que ces divers tableaux ne nous repré-
ſentent que des infortunes arrivées à des
perſonnes qui lui étoient cheres , &
qui ſont encore préſentes à ſon ſouve-
nir & à ſon cœur. Peut-être auſſi n'eſt-
ce tout ſimplement que la repréſenta-
tion de quelqu'évenement extraordinaire conſigné dans quelque conte orien-
tal.

S'il m'étoit poſſible de déchiffrer
les caractères de ce manuſcrit , je
l'aurois bien-tôt habillé à l'Angloiſe ;
mais comme je n'y entends abſolument rien ; prenez ſur vous, ma bonne
Miſtriss Léland, de permettre que je
mette l'original dans ma poche ; je le

montrerai à un de mes anciens camarades d'école qui a appris la langue arabe, & entre lui & moi, nous tirerons quelque chose de cette histoire. — Moi permettre pareille chose, s'écria Mistriss Léland, j'aimerois autant voler une église, que de me souiller d'une si vilaine action. Non non : l'honnêteté est l'honnêteté, vlà tout. Quoique je ne nie pas que je serois moi-même bien aise de savoir ce qui a pu amener en Angleterre une fille si jeune & si jolie ; pourquoi elle a tant d'chagrin dans le cœur, & paroît si sauvage, si difficile à former des liaisons ; son secret est à elle, je ne le volerai pas plus que sa bourse ; ainsi, Monsieur, plaise votre révérence, puisque la chose ne se peut pas, n'en parlons plus.

Entendons nous, ma bonne Mistriss Léland, répondit Swinborne, entendons nous. Il est des moyens de se procurer les choses qu'on désire sans

faire tort à ceux qui les possédent ; il
suffit que le possesseur ignore que d'autres partagent son bien, de cette manière les jouissances, voyez-vous, ne
font pas exclusives, & c'est un bien
pour la société.

Dans ce cas ci, par exemple,
quel mal peut-il résulter pour la jeune
personne, que nous connoissions le
contenu de son manuscrit, si elle
ignore que nous en avons connoissance ?
Ceci est de la morale toute pure. Vous
pourriez donc sans le moindre scru-
pule, faire du moins ce que je vais
vous proposer. Faites en sorte que ce
tiroir qui renferme le manuscrit reste
ouvert. Je viendrai vous visiter avec
mon savant ami, & sans qu'il y paroisse-
se, sans qu'il soit même possible de
donner le moindre soupçon à la jeune
personne, nous le traduirons. Je veux,
coute que coute, avoir cette traduction.
Vous conveniez il n'y a qu'un moment,

que vous feriez bien-aife d'en connoître le contenu , vous y trouverez donc votre compte auffi bien que moi : allons , bonne Miftriss Léland, promettez moi que le tiroir reftera ouvert.

Oh ! ceci eft une autre chofe, dit Miftriss Léland, dans la profondeur de fa logique. Oui , c'eft autre chofe. Si le vol eft tenu fecret, il n'eft plus vol ; car comme le dit très-bien votre révérence, la paix de la jeune perfonne ne fera point troublée , & fa reputation ne fera pas compromife. Le couple , d'accord fur ces principes de pure morale, fe fépara.

CHAPITRE X.

Simplicité champêtre.

Marthe, n'avoit pas une vénération bien profonde pour le Recteur Swinborne, qui s'étoit avisé un jour de passer la main sous son menton, jusqu'à déranger le mouchoir ; & lui avoir fait une question très-indécente, selon elle, pour un Ministre. Elle s'étoit apperçue de la longue conversation qui avoit eu lieu entre la Fermière & ce Prêtre ; & trouvant très repréhensible la liberté qu'il avoient prise de fureter dans l'appartement de sa jeune Maîtresse, en son absence, sans lui en demander la permission, à elle Marthe, elle se trouva très-embarrassée sur le parti qu'elle avoit à prendre. L'idée de tout découvrir à Zoraïde se présenta la première, mais réfléchissant qu'il y auroit peut-être de quoi la rendre malade, & que ce feroit du moins lui caufer beaucoup de peine, elle renonça à ce projet. Elle fongea enfuite au Docteur Withers ; mais, fe dit-elle, en elle-même, il fera fi fort en colere, que très-certainement il ne gardera pas le fecret, & ma pauvre Maîtreffe n'en aura pas moins de chagrin, que fi je lui avois tout conté moi-même. La pauvre Madame Withers, étant confinée fur fon fauteuil par fes infirmités, il n'étoit pas poffible de la tirer à l'écart pour chuchoter à fon oreille ce que Marthe avoit fur le cœur : que fera donc la pauvre Marthe ? Il lui vient à l'efprit d'aller à l'Hermitage & de dénoncer à M. Crosby, ce qu'elle appelloit une conjuration.

Ce que ce digne mortel apprit de la conduite de Swinborne l'indigna contre le Miniftre ; & il n'approuva pas la complaifance de la Fermière ; mais

il penſa comme l'honnête Marthe, que
révéler ce honteux miſtere à Zoraïde,
ce feroit l'affliger ſans raiſon, & peut-
être affecter dangereuſement ſon eſprit & ſa ſanté ; il lui conſeilla donc de
n'ouvrir la bouche, à ce ſujet, devant
qui que ce fût au monde.—Mais, Monſieur, lui répond Marthe, ſi j'oſois prendre la liberté de vous repréſenter ? N'eſt-
il pas du devoir d'une Servante honnête de prendre garde à ce qu'on ne
ne faſſe rien qui puiſſe déplaire à ſa
Maîtreſſe ? Je puis vous aſſurer, par
expérience, que le Recteur Swinborne
eſt un méchant homme, & qu'il n'a
pas tenu à lui qu'il ne commît des
actes de méchanceté, même avec une
pauvre fille telle que je ſuis. Lorſque
-je conſidère combien ma jeune Maîtreſſe eſt belle, combien elle eſt aimable,
que ſais-je ce qu'il pourroit entrepren-
dre ?

J'imagine qu'il s'eſt borné avec vous à

des propos légers, & que Zoraïde n'auroit que des importunités à craindre ; il faut, bonne Marthe, confidérer qu'il y a une grande différence entre votre fituation & celle devotre jeune Maîtreffe. Ne croyez pas pour cela que je prétende excufer l'audace qu'il a eüe de fonder quelque efpoir fur votre pauvreté & votre fim-plicité ; au contraire : l'une & l'autre feroient des titres qui vous protége-roient aux yeux de tout homme d'hon-neur ; mais ce qui forme la différence, c'eft que Swinborne fait que la moin-dre offenfe qu'il oferoit faire à Zoraï-de, feroit vivement reffentie par le Docteur Withers, & par moi, & que nous l'en ferions repentir.

Au fur-plus, n'appréendez rien ; j'i-rai vifiter Miftriss Léland, fous pré-texte de demander des nouvelles de Zo-raïde ; je lui donnerai à entendre que la vifite de Swinborne, a fait du bruit dans le Village ; & fans affectation je

lui ferai fentir combien cette démar-
che étoit étrange & déplacée.

Cette promeffe de M. Crosby tran-
quillifa l'honnête Marthe, qui regagna
la Ferme, bien contente d'elle-même.

M. Crosby, ne manqua pas de fe
rendre près de Miftriss Léland. Zoraïde
étoit chez le Docteur Withers, &
n'étoit attendue à la Ferme que fur
le foir, à ce que lui dit la Fermiere ;
ajoutant qu'elle paffoit les journées entieres à *Place-Neard*, qu'on n'avoit
plus le plaifir de l'entendre parler
ou chanter, ainfi qu'elle étoit en ufage
de le faire au commencement de fon
féjour dans le *Dévonshire*.

Son abfence, répondit M. Crosby,
ne vous prive pas tout a fait de la
fociété des gens polis. On m'a dit par
exemple que M. Swinborne a paffé
avant-hier quelque tems dans votre
Ferme ; & fi l'on ne m'a pas trompé,
il a même pénétré dans l'appartement

de la jeune Etrangère; comment cela a-
t-il pu arriver, Miſtriss Léland? J'eſ-
pere que tant de ſa part que de la
vôtre, la curioſité n'eſt entrée pour
rien dans une pareille conduite.

Miſtriss Léland rougit juſques dans
le blanc des yeux; je me flatte, dit-
elle, qu'il ne s'eſt rien commis de mal;
mais, la vérité dût-elle être blâmée,
elle ne doit point être déguiſée, & je
ne démentirai pas le rapport qu'on
vous a fait.

Je vous connois, répondit M. Croſby, pour une excellente femme, mais
vous n'en êtes que plus à craindre, ſi
vous tombez entre des mains artifi-
cieuſes. Le caractère de M. Swinborne,
n'eſt pas un ſecret parmi nous; toutes
les fois qu'il s'agit de femmes, cet
homme établit des prétentions, &
cherche à les faire valoir par l'importunité. Je ne ſuis point du tout étonné
que la jeune Etrangère ait excité ſon

attention, & qu'il défire connoître ce qui a pu la conduire dans votre Ferme; mais je ne puis pardonner aucune tantative baffe, aucune manœuvre infidieuse, qui feroit employée pour fatisfaire cette curiofité.

Si j'avois pu prévoir, dit l'honnête Fermière, qu'il entrât un grain de mauvaife intention dans ce qui a été fait, j'aurois été la première à m'y oppofer; mais lorfqu'un homme bien né fe comporte comme tel, quel droit peut-on avoir de le foupçonner, de l'accufer? — C'eft précifément, répartit M. Crofby, en l'interrompant, cet air d'homme du monde, ce font ces manières infinuantes qui rendent le danger plus imminent, lorfqu'elles marquent un mauvais cœur. Je fuis certain que vous ne me foupçonnerez pas de vous faire l'obfervation fuivante, fans fondement: je vous établis pour principe, que toutes les fois qu'un homme ou qu'une femme s'écarte de la régle ordinaire d'une bonne conduite , & se donne la peine de chercher à pénétrer dans les secrets d'autrui , un pareil homme ou une pareille femme , doit inspirer de la dé-fiance, & l'honnêteté veut que l'on ne seconde pas le désir qu'ils témoignent d'éclaircir des circonstances ou des faits qui leur sont étrangers , qui ne peuvent les regarder, ni intéresser d'autre sentiment que celui de la malveillance.

Si M. Swinborne, pouvoit être de quelque utilité à la jeune Etrangère, si l'on pouvoit lui supposer tout autre motif que celui d'une curiosité vaine & impertinente, ce seroit toute autre chose.

Ici Mistriss Léland, entendit le cri de sa conscience qui lui reprochoit quel-que chose. Elle n'avoit plus pour exemple & pour encouragement, la logique & la *morale* de Swinborne ; c'étoit le vertueux Crosby qui parloit.

Elle fentit que, dans la vérité, elle ne s'étoit pas déguifé les motifs de la vifite du Recteur , & qu'elle n'avoit pu ignorer fes vues , qui étoient de fe procurer une connoiffance plus ou moins complette de tout ce qui concernoit l'Etrangère. Que fera-ce, fe dit-elle en elle-même, fi ce qui s'eft paffé au fujet du *manufcrit* eft également connu ? Elle s'attendit à une réprimande vive à ce dernier égard ; mais lorfqu'elle vit que M. Crosby étoit venu feulement pour la mettre fur fes gardes, loin de vouloir lui faire des reproches , & qu'il fe retiroit fans toucher au point délicat du *manufcrit*, elle fit un faut de joye. Tombant enfuite fur fes genoux, elle protefta que Swinborne ne lui en impoferoit plus, qu'elle ne lui prêteroit même plus l'oreille.

Le Recteur n'étoit rien moins que préparé à cette révolution fubite. Lorfqu'il revint , il trouva du changement

dans les difpofitions de Miftriss Léland.
Il épuifa tout ce qu'il avoit d'adreffe
& d'artifice, pour ramener à fes inté-
rêts ou la Maîtreffe ou la Servante ;
mais il ne réuffit auprès d'aucune. Lorfqu'il arrivoit, Miftriss Léland, s'enfer-
moit dans la Laiterie ; Marthe plus
hardie l'attendoit de pied ferme, l'écou-
toit en ricanant, & le congédioit avec
mépris. — Ce n'eft pas d'aujourd'hui,
lui difoit-elle, que je fais à quoi m'en
tenir fur le compte du Recteur Swinborne. Mylady eft belle, jeune, riche,
bien née : n'eft ce pas là ce qu'il fau-
droit au Recteur Swinborne? Le même
homme qui s'eft abaiffé au point de
chercher à féduire une pauvre Servante,
oferoit élever fes vues jufqu'à prétendre à
la plus parfaite créature ; nani M. le Recteur, il n'en fera rien, entendez-vous?
Je vous dis plus, fi vous ne voulez pas
que je révéle tout au long ce que je
fais de vous, ne me forcez pas à en

dire davantage de vos complots, de vos conjurations. Vous voyez que vous trouveriez au befoin une bonne amie en moi?

Swinborne maudit l'impertinente dans le fond de fon cœur ; mais, étant trop fondé à la croire capable de lui tenir parole, il affecta de prendre tout ce qu'elle lui avoit dit pour autant de plaifanteries, étudia un fourire forcé, & la quitta en la traitant de petit lutin, en lui faifant de jolies mines, & frédonnant un air. Mais paffé le pas de la porte, il fe répandit en imprécations.

CHAPITRE XI.

Arrivée d'un Mylord,

Entre autres vertus qui diftinguoient M. Swinborne, ce bon Miniftre avoit un penchant particulier pour la bonne chère & le bon vin ; en conféquence, toutes les fois qu'il y avoit de grands répas dans un château du voifinage, qui appartenoit à une famille noble & opulente , il ne manquoit pas d'aller rendre fes devoirs au Maître. Le neveu de ce Seigneur , fe trouvant à cette époque dans le Dévonshire pour quelques femaines, fatan mit dans la tête du Recteur de lui faire fa cour, en lui racontant tout ce qu'il favoit de la Princeffe Indienne ; car c'eft ainfi qu'il la nommoit toujours. Il l'entretint avec enthoufiafme de fa belle Paroiffienne , de la charmante Zoraïde, de fes graces, de fes talens. L'on conçoit quel effet

durent produire de pareilles deſcriptions ſur l'eſprit d'un jeune homme naturellement ardent.

Mylord Drew, conjura le Recteur,
avec les dernières inſtances, de lui procurer le plaiſir de la voir, & de rien épargner pour ſe procurer le manuſcrit ; ſe
chargeant des frais de la traduction. —
D'après ce que vous me dites d'elle, ſi elle
eſt effectivement auſſi belle, auſſi accomplie que vous la peignez, il n'eſt point
du tout improbable que ſa naiſſance &
ſon rang ne ſoyent extrêmement éle-
vés, & que quelques raiſons particulières
ne l'aient déterminée à chercher un
azile dans ces contrées. Concluant enſuite, dans le cours de leur converſation, que, parce qu'elle déſiroit d'être
inconnue, ils avoient droit de lui voler
le ſecret qu'elle vouloit ſe réſerver,
ils formerent, diſcuterent, adopterent
& rejetterent ſucceſſivement une multitude de plans, & paſſèrent agréable-

ment quelques heures à fixer les arrangemens les plus propres à satisfaire leur curiosité. Comme, dans les commencemens, l'affaire devoit être du moins entamée par Swinborne qui, ainsi qu'il s'en étoit vanté, avoit ses entrées libres, par tout où Zoraïde étoit visible, ce complaisant promit tout ce que son illustre ami lui proposa. Il devoit la lui faire voir, lui procurer une conversation avec elle ; sans considérer les difficultés qui devoient naturellement s'opposer à ses projets; sans se rappeller les marques de défiance qu'il venoit si récemment d'éprouver; les précautions que l'on prenoit pour l'éloigner de Zoraïde, les soupçons & les propos auxquels sa conduite avoit donné lieu tant dans la Ferme *de Heath*, que dans le Village de *Place-Neard.*

Au reste, peut-être que ces difficultés se présenterent à son esprit; peut-être même qu'il sentit l'impossibilité de les

vaincre ; mais, fon premier objet étant
de faire fa cour, comme il ne s'agiffoit, pour plaire, que de marquer du
zele & du feu, il fe chargea de tout,
avec l'affurance que donne la certitude
du fuccès. Il eft à propos de remarquer que le motif de cette cour fer-
vile, de ces baffes complaifances,
n'étoit pas borné à la table du jeune
Mylord, (la cure de Place - Neard
n'étoit pas d'un produit proportionné
aux befoins d'un homme qui, parmi
fes vertus, ne comptoit pas la modé-
ration) il afpiroit à quelque bénéfice
plus avantageux, & le noble Lord en
avoit quelques uns à fa nomination.

La première propofition qu'il fit à
Lord Drew, fut de fe rendre à l'Eglife,
& d'y jouir, pour la première fois,
du plaifir de contempler toutes les beau-
tés de la jeune Etrangère. On fe rendit donc à l'Eglife ; mais ce jour là,
Zoraïde, fe trouvant indifpofée, les

yeux

yeux du Lord la cherchèrent envain ;
elle ne parut pas. Premier contretemps
qui n'avoit pas été prévû.

Swinborne contrarié par ce premier
échec, eut recours à son impudence
ordinaire ; il proposa à Lord Drew,
de le conduire directement à la Ferme :
& de le présenter. Il est naturel, dit-
il, qu'étant informés de son indispo-
sition, nous allions demander, du moins
à sa porte, comment elle se trouve :
je suis connu des bonnes gens chez
qui elle vit, nous serons admis. — On
se met en chemin, on arrive à la Ferme ;
Zoraïde venoit de la quitter pour se
rendre à Place-Neard. — Ne nous
décourageons pas, dit Swinborne, sui-
vez moi, Mylord. Il se rend en droiture chez le Docteur Withers, & a le
front de frapper à la porte. Zoraïde
avoit repris le chemin de la Ferme.

Après beaucoup d'allées & de venues
également infructueuses, Zoraïde fut

Tome I.   G

enfin rencontrée à l'Eglife, où Lord
Drew la vit pour la première fois.
Quoiqu'il eût foupçonné le Recteur,
d'avoir exagéré la defcription qu'il lui
en avoit faite; & quoique, dans cette
fuppofition même, il fe fût promis
un fpectacle enchanteur; il conçut, fûr
le rapport de fes yeux, qu'il ne s'étoit
formé qu'une idée imparfaite de tant
de perfections, & fe tournant vers Swinborne, --- vous êtes un mauvais peintre, lui dit-il, vous m'avez annoncé
une belle perfonne, & vous me faites
voir le chef-d'œuvre du Créateur.

Après le fervice Divin, Swinborne
préfentant Mylord au Docteur Withers; l'ayant inftruit en particulier
de fon nom, de fon titre, de la reputation dont il jouiffoit à fon âge, lui
dit que fes jardins & particulièrement
fes petits Temples, avoient excité la
curiofité de fa Seigneurie; & finit par

folliciter l'honneur de prendre le thé avec les Dames.

Le nom & la famille de Lord Drew n'étoient point inconnus au Docteur qui, remarquant dans le jeune héritier d'une maifon refpectable, une apparence touchante de candeur, répondit qu'il recevroit fa Seigneurie avec plaifir. La partie de thé fut donc arrangée pour le foir même, & Lord Drew fe retira avec une fatisfaction que partageoit Swinborne.

De ce moment à celui où l'on fervit le thé, que le tems parut long à Myord! il maudit fon Horloger. Le foleil retardoit d'une demi-journée.

Lorfque le tems où l'on put décemment paroître, fut enfin arrivé, Mylord ne fe fit point attendre. Swinborne le prévint que ce feroit faire plaifir au Docteur Withers, que d'arriver par la petite porte du fond du jardin; parce-

qu'il fuppofer que l'on auroit voulu
jouir du plaifir de parcourir cette longue plantation d'arbuftes, dont il étoit
un peu fier. On la parcourut donc
toute entière, en s'arrêtant de tems à
autres pour admirer, & l'on arriva à
la Maifon; où l'on reçut l'acceuil le plus
poli de la part de Madame & de M.
Withers. Zoraïde étoit avec eux : l'innocence peinte fur le front, elle ne paroiffoit occupée que du foin de foulager
M. Withers dans la furintendance des
petits détails domeftiques. Elle fit les
honneurs de la table ; & quoiqu'il
parût qu'elle ne parloit que lorfqu'elle
ne pouvoit abfolument fe difpenfer de
le faire, il étoit plus évident encore
que fon filence ne provenoit pas de
cette efpèce d'embarras fi commun à
fon âge, & qu'elle avoit tout ce qu'il
falloit pour briller dans la converfation.

Lord Drew le remarqua, & jugeant

par le peu qu'elle se permit de dire,
de la délicatesse de son goût, de la
justesse de son discernement, il sentit
qu'il avoit affaire à un Juge plus éclairé
qu'il ne l'eût désiré peut-être. Il s'observa en conséquence, s'attacha au choix
des expressions, aux apparences de
vérité & de sentiment, mais il déguisa
si bien ce travail, qu'il parut naturel
& réussit à fixer l'attention de Zoraïde.
Il parla de la Cour de Londres, du
goût & des manières des personnages
principaux qui la composent; s'étendit
sur leurs vertus; demanda la permission
de tendre un voile sur leurs défauts…—
les vices & les vertus, dit-il, sont
précisément, à l'égard de la nature humaine, ce que le jour & l'ombre sont
en peinture; & je crois que lorsqu'il
n'y a rien à dire d'avantageux en faveur
de quelqu'un, il est du devoir de l'honnête homme de n'en rien dire du tout.
Il s'étendit sur les privilèges dont jouis-

sent les particuliers en Angleterre, sur
le droit d'élection, sur la liberté civile
& religieuse. --- Il est, dit-il, quelques points sur lesquels on me reproche de penser singulièrement, mais
cela ne m'offense pas; car enfin qu'est-
ce que c'est que la singularité? Si ce
n'est une différence dans les goûts,
dans l'opinion, dans la manière de voir,
de sentir. L'un aime la retraite, l'autre
nejouit quedans le tourbillon du monde;
tous deux ont également raison de se
livrer à leurs penchants; & je ne connois
pas de sottise si impudemment arbi-
traire, que la manie trop commune de
condamner dans autrui ce que l'on se
permet à soi-même. --- M. Withers
applaudit à la manière de penser de Mylord , & prédit dans l'abondance de
son cœur, qu'il seroit l'ornement de son
pays. Il le remercia avec modestie, &
observa qu'avant qu'il pût se flatter de
soutenir dignement l'honneur de ses

ancêtres, il avoit à paffer par des épreu-
ves dangereufes ; beaucoup à étudier ,
beaucoup à réfléchir ; que le titre dont
il étoit décoré n'étant que le don du
hazard , il n'en tiroit aucune vanité ;
que fon ambition étoit d'imiter fes
ayeux , qui ne s'étoient annoblis que
par l'habitude conftante de bien faire
& de bien mériter. Ce n'eft, continua-t-
il , qu'en recherchant la fociété des
fages & des perfonnes éclairées des deux
fexes , que je pourrai un jourmarcher fur
leurs traces. Je me félicite du hazard
heureux qui m'a mis aujourd'hui à portée d'entendre difcuter les objets les plus
importans de la vie, par des perfonnes
auffi capables que M. & Miftriss Wi
thers de faire adorer la morale ; de donner le précepte & l'exemple. Se tournant
enfuite du côté de la jeune Etrangère,
il demanda fi elle ne fe propofoit pas
de fe faire préfenter, offrant poliment
de lui rendre les petits offices qui

feroient en fon pouvoir, foit par lui-
même, foit par fes amis, felon la nature des chofes & des circoftances.
Il parut extremement furpris d'apprendre qu'elle étoit déterminée à ne pas
entrer dans Londres.

Il eft fans doute inutile de prévenir
le Lecteur, que l'objet du jeune Lord,
dans une converfation peu conforme
à fon âge, encore moins à fon habitude, étoit d'obtenir la permiffion de
répéter fes vifites, fans fe faire annoncer, & de s'introduire familièrement
dans la fociété, dont la belle Etrangère faifoit partie. Mylord & fon Intro-
ducteur prirent congé. Swinborne fier
des promeffes de la journée, & preffé
de joüir de toute la reconnoiffance de
Lord Drew, le félicita emphatique-
ment fur fon adareffe, fur l'heureux choix
des fujets qu'il avoit traités. --- Mylord
étoit férieux; très froid même, ---je me
flatte, Swinborne, que vous ne me foup-

çonnez pas d'avoir joué un rôle : j'ai
permis, coutre mon usage il est vrai,
à la nature de parler, & je me suis
entièrement laissé guider par elle ; que
trouvez-vous d'étrange à cela ? Les
fous même ont des lueurs de raison
par intervalles. --- Swinborne étonné de
ce langage, qui lui parut risible, sentant cependant que, pour le moment,
il plaisoit à Mylord d'être sérieux, ou de
passer pour tel, ne le poussa pas davantage, parut prendre la réponse pour
ce que sa Seigneurie vouloit qu'elle
parût être, & essaya de changer de
conversation ; mais Mylord n'y prit
point part, & l'on se sépara sans convenir de rien pour le lendemain.

Ce lendemain arriva, & l'étonnement, pour ne pas dire l'inquiétude
de Swinborne redoubla, lorsqu'il retrou-
va Mylord dans les dispositions où il
l'avoit laissé la veille. Les gens de
l'espèce du Recteur sont insuportable-

G 7

ment foupçonneux : il fe mit dans la
tête que Lord Drew s'étoit déterminé
à fe paffer de lui, à faire fa cour
feul, & même à l'écarter ; ce qui
n'étoit pas difficile. Cela pofé, plus de
droits à la reconnoiffance, plus de
cour, plus de divers fins, plus de bénéfice. --- Je l'ai bien mérité, fe difoit-
il en lui-même ; pourquoi l'ai-je pré-
fenté, pourquoi lui ai-je facilité un
accès qu'il eût trouvé difficile fans
moi ? Et furtout, miférable, imprudent
que je fuis ; pourquoi lui ai-je parlé
de Zoraïde ?

L'idée de punir le Lord ingrat, fe
préfenta à fon efprit ; je puis, dit-il,
réparer le mal que je me fuis fait à
moi-même : je puis dire aux amis de
Zoraïde que j'ai découvert dans le
jeune Seigneur des vues peu honora-
bles ; & me faire un mérite auprès d'eux.
--- Mais fon intérêt s'accordoit-il avec
fa duplicité ? Non. Il fentit qu'il pour-

roit être trahi, dénoncé à fon protec=
teur ; que d'un autre côté, ne pas nuire,
c'étoit fervir ; que par conféquent avec
le tems, il pourroit tirer parti des
circonftances telles qu'elles étoient. Il
fe détermina donc à ne rien dire, à
ne rien faire, qu'autant que Mylord
l'engageroit à faire ou à dire quelque
chofe.

Le fait eft que Lord Drew étoit
libertin, mais que fon libertinage
tenoit beaucoup plus de la contagion
de la mode, que d'une dépravité natu=
relle. Il aimoit la vertu, mais il n'avoit
pas affez de fermeté pour fuir le vice.
Sa fociété étoit parconféquent la règle
de fa conduite & de fes fenfations. Il
goûtoit en bonne compagnie les plai=
firs refervés pour l'élite des humains.
Tomboit-il en de mauvaifes mains,
il fe livroit aux débauches, aux vices,
aux excès dont il avoit l'exemple fous

les yeux; mais il faut lui rendre juftice: ici c'étoit mauvaife honte. Dans
le cas précédent, c'étoit inclination ;
il refpectoit le Docteur Withers & fa
digne époufe ; il étoit éperduement
épris de Zoraïde ; & s'il eût pu obtenir fa main, il n'eft pas douteux qu'il
eût mis à fes pieds toutes les diffipations auxquelles il fe livroit par air ou
par défœuvrement ; qu'il fût devenu
un excellent mari , & l'un des plus
précieux membres de l'a fociété. Mais
quoiqu'il eût en lui le germe de toutes
les vertus , Swinborne ne s'en étoit
pas douté : comme il ne l'avoit vû qu'au
milieu des diffipations de la table, du
jeu , des converfations futiles , il ne
put attribuer qu'à une affectation ,
allarmante pour lui, cette révolution
apparente furvenue dans fa manière
d'être. Mais s'en tenant à fa première
réfolution , il laiffa au tems & aux

circonſtances, le ſoin de le déſabuſer ou de le confirmer dans ſes allarmes; ſauf à recourir à une autre conduite, ſi celle de Mylord le forçoit enfin à lever le maſque.

CHAPITRE XII.

Confidence.

Le lendemain, Mylord propofa un tour de promenade. Ils prirent le chemin qui conduit à la Ferme, involontairement fans doute, car Zoraïde n'y étoit pas ; mais elle pouvoit revenir plutôt qu'à l'ordinaire, & c'eût été un hazard heureux que de la rencontrer fans avoir l'air de la chercher. On marcha quelque tems dans le plus profond filence : le Lord penfif & rêveur, Swinborne l'œil fixé fur lui, obfervant ce qui pouvoit fe paffer dans fon ame, afin de régler fa conduite fur ce qu'il pourroit remarquer. Enfin le jeune Seigneur fortant de fa rêverie, & s'arrêtant tout court, parla au Recteur en ces termes. --- Vous l'appelez princeffe, peut-être eft-ce par dérifion ; vous avez tort. Les perfections de fa

personne & de son esprit donneroient
de l'éclat au diadême ; & je la crois
très - sincérement d'extraction royale
si non divine ; en sorte, qu'entre nous, je
n'espere pas même mériter d'elle la
faveur des plus légers égards.

En cela, Mylord, dit Swinborne ;
vous vous en rapportez uniquement
aux apparences : elles sont quelque-
fois si singulières.

Elles sont, répondit Lord Drew ;
tout ce que l'esprit est disposé à croire.
Au moment où je vous confie ma façon
de penser sur son compte, je ne me
dissimule pas, je suis même convaincu
qu'il y a autant à dire contre, qu'en faveur
de tout ce qu'elle a fait.

Prenez garde à vous, Mylord, voilà
une prévention bien forte. J'espere au
moins que vos vues ne sont pas de
nature à allarmer jusqu'à un certain
point les personnes qui, comme moi,
ont votre honneur à cœur.

Q'uentendez vous par là?

J'entens que , probablement vous ne penseriez pas à époufer une Etrangère , une fille inconnue.

Et pourquoi pas , M. le Recteur ? la vie eft un roman qui n'eft intéreffant qu'autant que le héros porte au moins la bonté morale au-delà des limites que lui prefcrivent les mauvais ufages adoptés dans le monde. Je ne fuis pas encore déterminé à lui offrir ma main , mais je fuis déja convaincu qu'elle la mérite.

En verité , Mylord , vous m'épouvantez. Une galanterie eft un chofe ; un attachement férieux en eft une autre. Je vous fupplie de confidérer que votre oncle m'accableroit de fon indignation , s'il venoit jamais à découvrir que c'eft moi qui vous ai introduit dans cette fociété.

Mon tendre ami, la fageffe terreftre anticipe trop-tôt pour vous l'heure

du répentir : foyez tranquille ; car fi
j'ai autant de fermeté , que je crois
être fage, il y a grande apparence que
ma première vifite à *Place-Neard* fera
la dernière ; par conféquent moins la
.converfation en rappellera le fouvenir,
mieux cela fera pour vous & pour
moi. Ici Lord Drew retomba dans le
profond filence qu'il avoit obfervé au
commencement de la promenade , &
les allarmes de Swinborne redoublèrent.
Ils dînèrent cependant enfemble , mais
on n'a point d'idée d'un tête-à-tête fi
taciturne , fi trifte : rien de fi lent ,
de fi lourd , de fi infipide que la mar-
che des heures qui amenèrent la foirée.
Sa Seigneurie l'abrégea en fe plaignant
d'une indifpofition, & fe fit mettre au
lit, ce n'étoit pas le repos qu'il y cher-
choit ; il n'invoquoit même pas le fom-
meil : tout ce qu'il défiroit, c'étoit de
réfléchir , fans être obfervé , fur la
fituation dans laquelle il fe trouvoit

tout à coup précipité par un penchant invincible, par une paſſion impérieuſe, allumée dans ſon ſein par une femme inconnue, dont le caractère n'avoit de garants qu'une converſation & un main-tien qui annonçoient des lumières & des mœurs. ---- Il n'eſt pas douteux, ſe diſoit-il, qu'elle ne ſoit la plus aimable créature qui peut-être ait ja-mais exiſté; il eſt également certain qu'elle eſt auſſi accomplie à touts'égards, qu'elle eſt aimable comme femme; mais la prudence, mais la bienſéance élevent des barrières fortifiées par l'uſa-ge. Ces barrières franchies, qu'arrive-t-il? Des mortifications de toute eſpè-ce, des préjugés à combattre par tout, & le pire de tous les ſupplices, les mauvaiſes plaiſanteries des prétendus beaux eſprits. On peut braver le vul-gaire, mais la partie la plus ſaine de cette multitude, dont on dit que la voix eſt celle de Dieu, doit être reſpectée : & quel homme de fens, dans les trois royaumes, ne prononcera pas impérieufement qu'il faut être infenfé dans ma pofition, pour époufer une Etrangère ?

Tel étoit, pour une inftant, le langage de la raifon ; mais le cœur reprenoit fes droits, & la jeuneffe en revenoit au roman.— Que ne fuis-je né, difoit-il, fur les bords du Gange ; deftiné fi non aux grandeurs Orientales, du moins à la vie paftorale qui fait les délices de ces belles contrées ; tout eût été égal, pourvu que je fuffe né l'égale de Zoraïde ; que j'euffe pu demander fa main, pour manier le fceptre ou la houlette. Heureufe égalité tu m'euffes mis à l'abri du reproche & du ridicule ; tu euffes défarmé la malignité humaine. --- Ici, en Angleterre, --- eh bien, en Angleterre, c'eft précifément là que l'on eft libre. --- En effet qu'ai-je à craindre ? Qui

a le droit de contrarier mes volontés ?
ma main n'est-elle pas à ma disposition ?
Pourquoi n'en ferois-je pas l'offre honorable ? --- Mon père n'est plus ; mon
oncle n'a aucune autorité sur moi :
d'ailleurs de tous les mortels existants,
mon oncle est celui qui, en pareil cas,
me devroit le plus d'indulgence, puis-
qu'il s'est marié par pure inclination,
& s'est séparé d'un frère qu'il aimoit,
pour vivre dans la retraite, avec l'objet de son choix. --- Quant à Swinborne, il est l'homme dont le conseil
feroit le plus suspect : son cœur étranger à la vertu, ne la respecte pas dans
autrui ; l'innocence & la beauté ne
font point sacrées pour lui ; il n'est
point d'intrigue, point de manœuvre
sourde qu'il ne soit disposé à employer
pour perdre l'une & l'autre.

Le retour du jour le trouva dans la même irrésolution ; & lorsqu'il descendit
pour déjeuner, le trouble qui l'agitoit la

veille, étoit encore peint sur son visage. Swinborne le remarqua avec un redoublement d'inquietude. Il en connoissoit parfaitement la cause; mais que n'eût-il pas donné pour trouver le moyen de le dissiper ?

Après un silence assez long, Lord Drew s'expliquà enfin avec Swinborne en ces termes : --- le moment est venu, Recteur, où je mettrai vos sentiments pour moi à l'épreuve; je saurai si je dois vous compter parmi mes amis, ou si vous êtes mon ennemi : si votre attachement peut aller jusqu'à me rendre les bons offices les plus ordinaires; ou si un sentiment contraire vous porte intérieurement à me nuire. En deux mots, voici ce que j'attens de vous; aidez moi à découvrir la naissance, le rang, les expectatives de cette Etrangère, afin que je sache à quel point je dois la respecter, & que je puisse déterminer la nature des vues que j'ai sur elle, en consultant ce que je me dois

à moi-même. Du moment où vous m'aurez satisfait sur ce point, le bénéfice
que vous convoitez, depuis si long-
tems, est à vous.

On ne pouvoit parler plus clair,
ni fixer plus surement l'attention du
Recteur. --- Je vous entends, Mylord, répondit-il affectueusement. Mon
attachement n'est point douteux, mais
le malheur veut que vous me propo-
siez d'entrer dans un l'abyrinthe où
je n'ai pas le fil le plus léger pour me
conduire. Si je m'adresse à Withers,
je trouverai une ignorance réelle &
une foi aveugle; un homme qui ne
sait d'elle autre chose, si non qu'elle
est un ange; c'est ce que nous sa-
savons aussi bien que lui, mais vous
voudriez savoir autre chose. A la Ferme, tout est obscurité & ignorance;
Mistriss Quinbrook, amie du Docteur,
sous les auspices de laquelle l'Etrangère a été introduite chez Mistriss
Léland, en sait probablement davan-

tage : mais elle eft à Londres. --- Eh
bien ; partez donc pour Londres ,
repliqua Lord Drew ; mais fongez que
je vous charge d'une commiffion déli-
cate & difficile ; prenez bien garde
fur-tout , quels que puiffent être les
moyens que vous employerez , qu'il
ne foit au pouvoir de la fageffe humaine , ou même du hazard , de tra-
hir le vrai motif de votre expédition
& de vos recherches. Auprès de cette
Miftriss Quinbrook , vous n'aurez pas
la refource des préfents & de la féduc-
tion ; mais que votre jugement y fup-
plée. Il eft un art , dans la converfation ; de tirer des réponfes affirmatives ,
même d'expreffions négatives ; de faifir
des riens échappés , de les comparer,
de former des conclufions. Cet art ne
s'enfeigne pas , ne fe définit même pas ;
mais il confifte effntiellement dans une
aptitude à faifir le moment , le clin
d'œil, l'inflexion de la voix. Vous fen-

tez vous le courage de vous embar-
quer dans une affaire où, pour réuf-
fir, il faut réellement développer des
talens de Maître ?

Je ne crains, Mylord, répondit Swinborne , que l'effet que produiront naturellement fur votre efprit les difficultés
que je prévois. Si Zoraïde étoit d'un
accès facile ; fi elle étoit d'un caractère plus communicatif ; fi fa poffeffion
enfin ne coûtoit que la peine de la
défirer ; elle perdroit bien-tôt à vos
yeux tout le prix que vous y attachez ;
mais tant que vous ne la verrez qu'à
une certaine diftance , tant que fon
abord fera impraticable, & fon fecret
impénétrable , je vous avoue que je fuis
allarmé fur les excès auxquels une pareille paffion peut vous porter.

Point d'étalage de grands principes,
Swinborne ; point de ces diftinctions cap-
tieufes. Ne me parlez point de vos
doutes

doutes, de vos scrupules. Mon titre est inaliénable; je suis en possession de ma fortune; & quoique j'aye très à cœur la paix avec mon oncle, & la continuation de son estime ; si les choses en venoient à cette extrêmité, qu'il n'y eût point de milieu entre lui désobéir ou renoncer au bonheur de ma vie, tout ce que je puis vous dire, ou vous promettre, c'est que tout ce que vous vous perdrez en perdant sa faveur, vous le retrouverez dans la mienne.

Je n'insisterai plus, Mylord, sur ce que j'ai cru être de mon devoir de vous représenter. Vous avez certainement le droit de choisir les moyens que vous croyez les plus propres à conduire au bonheur ; on ne peut mettre un trop haut prix à vos faveurs ; & j'accepte avec reconnoissance celui que vous y mettez vous-même.

—Je n'attends rien de vous, & je ne dois

rien en attendre que d'honnête ; j'en dois convenir. Commencez donc par remplir votre tâche ; je me réserve celle de ma conduite ultérieure

Swinborne convint de partir pour Londres , le lendemain matin. Lord Drew lui donna un crédit étendu sur son Banquier ; le conjura de lui écrire journellement, de lui communiquer, dans les plus minutieux détails, tout ce qu'il pourroit tirer de Mistriss Quinbrook, de ses gens, du Capitaine, de sa suite, des passagers ou Matelots qui avoient fait la traversée avec la belle Etrangère ; de s'informer des circonstances qu'ils avoient pu remarquer lorsqu'elle s'étoit embarquée pour sortir de l'Inde ; des égards ou respects qu'on lui avoit témoignés à bord d'un vaisseau ; enfin de ce que l'on pensoit plus généralement parmi ses compagnons de voyage , d'elle , de son rang & de son origine. Le Recteur jura de remplir de point en point ses ordres, & quittant Lord Drew, l'assura de ne pas revenir sans le satisfaire sur ces divers objets de sa curiosité.

CHAPITRE XIII.

Finesse villageoise.

LORD Drew ayant combiné son plan d'opérations, commença à *Place-Neard* par cultiver la bonne opinion du Docteur Withers. Il l'accompagnoit des heures entières dans ses tournées, lorsqu'il visitoit ses malades ; le Docteur prenoit-il une bêche ; bêcher étoit l'occupation favorite de Mylord ; étoit-ce une serpette, Mylord entendoit parfaitement la taille des arbres. Falloit-il planter, arroser ; Mylord, plus leste que le Docteur, sautoit le premier sur le plantoir, sur l'arrosoir ; entroit-on dans la bibliothèque, Mylord lisoit ce qui faisoit plaisir au Docteur ; jamais il n'étoit question des Dames ; & on ne les voyoit qu'au moment où la cloche rassembloit la famille entière à la table ; pas 1

moindre apparence d'empreffement.
Rien de fi aimable qu'un jeune homme
fi doux, fi fage ; fi réfervé. Miftriss
Withers déclara qu'elle en étoit amou-
reufe à demi ; il animoit la petite fociété, & Zoraïde elle-même partageoit
l'agrément qu'il y répandoit. Elle attachoit fi peu de conféquence au plaifir
qu'il lui faifoit éprouver, qu'un jour
elle en convint avec M. & Miftriss Withers, qui l'en plaifantèrent fans y entendre plus fineffe qu'elle. Elle en fût
convenue devant le jeune Lord avec la
même confiance ; car fon cœur étant
parfaitement libre, & l'idée qu'elle fe
formoit de l'amitié étant très-exaltée,
elle ne fuppofoit pas l'exiftence d'autres
fentimens ; & les affiduités du jeune
Lord lui parurent l'effet naturel du plaifir qu'il goûtoit dans la fociété d'une
famille aimable, qui étoit devenue la
fienne. Comme Mylord avoit eu la précaution d'infinuer que, fe fentant en-

clin à la pulmonie, il venoit effayer
fon air natal, il eut la fatisfaction d'entendre dire à Zoraïde que quoiqu'elle
fut charmée de fa fociété, elle étoit
fâchée de la devoir à une caufe inquié-
tante.

Lord Drew s'étoit arrangé de manière à familiarifer cette honnête famille
avec fes vifites; au point que perfonne
ne trouvoit fon affiduité extraordinaire.
On le voyoit arriver régulièrement tous
les jours, & tous les jours, il faifoit
découvrir en lui quelque bonne qualité, ou quelque talent qu'on n'avoit
pas encore remarqué : fi bien qu'on
le prit au mot, lorfqu'il déclara qu'il
fe regardoit comme membre né de la famille. M. & Miftriss Withers engagèrent
alors Zoraïde à profiter de fes difpofitions obligeantes, & à accepter fon bras
pour faire le petit trajet qui la féparoit
de leur réfidence; enforte qu'il l'alloit
prendre le matin à la Ferme & la

reconduifoit le foir. Miftriss Withers déclara elle-même que cela étoit plus
décent que de fe faire accompagner
d'un Laquais; & M. Withers, un peu
incommodé de la goutte, dit en plaifan-
tant à Mylord, que fi il avoit fes jam-
bes de trente ans, il ne lui céderoit
pas cette agréable commiffion. On ne
pouvoit d'ailleurs compter fur M. Crofby pour ce bon office, attendu qu'il
employoit toutes fes matinées à des
actes de charité & de piété.

Dans ces charmants tête - à - tête,
Lord Drew empruntoit de Milton toutes les images brillantes qui, fans exprimer l'aveu direct de fa paffion, pouvoit faire remarquer à la belle Etrangère le plaifir qu'il goûtoit à s'entretenir
avec elle. Tous les objets qui l'environnoient lui paroiffoient fublimes. *l'Haleine du matin étoit douce — douce
étoit l'haleine du foir.* Tout cela fe
difoit d'un air paffionné; mais, pas un

mot de personnel. C'étoit à la nature entiere, ce n'étoit pas à Zoraïde que Mylord disoit --- qu'elle est belle ! Oh, oui, que la nature est belle ! répondoit Zoraïde. Elle ne se doutoit pas de la part qu'elle avoit à ces exclamations.

Il n'en fut pas de même de l'honnête Marthe, elle découvrit avec une sagacité merveilleuse le secret que Lord Drew trahissoit, en voulant le cacher. Ses regards timides, l'embarras avec lequel il adressoit la parole à Zoraïde, cette douceur, cette affabilité si rares dans les hommes de son rang, cette civilité extrême avec laquelle il abordoit les Domestiques du dernier ordre, s'entretenoit avec eux, leur demandoit des nouvelles de leur santé ; tout concourut à confirmer la bonne Villageoise dans les soupçons qu'elle avoit été si prompte à former.

Avec beaucoup de simplicité & un

cœur excellent, Marthe penſoit aſſez favorablement d'elle-même, & ſur-tout de ſon jugement. Elle s'attendoit tous les jours à apprendre que Mylord s'étoit expliqué ; & voyant qu'il s'obſtinoit à ſe taire, lorſqu'elle étoit ſûre qu'il avoit tant de choſes à dire, elle ſe détermina à le faire parler & à lui faire quelques queſtions

Un beau matin que Mylord venoit de conduire Zoraïde à la Ferme ; comme il regagnoit le Village, Marthe s'arrangea de manière à ſe trouver ſur ſon chemin, & lorſqu'elle fut à portée, elle lui fit une des plus belles révérences qu'elle eût faites de ſa vie.

Lord Drew ne ſe la rappella pas ſur le champ ; mais ſelon ſon uſage, lui rendit poliment le ſalut du chapeau. Il alloit continuer ſon chemin, lorſque Marthe, toute fière du coup de chapeau, répliqua par une révérence

plus gracieuſe encore, & demanda ſi
ſa Maîtreſſe Zoraïde étoit rentrée à la
Ferme.

Oui, répondit Mylord, j'ai eu le
plaiſir de lui donner la main. Vous
lui appartenez à ce qu'il me paroît ;
que je vous eſtime heureuſe d'être employée par une perſonne ſi aimable !

Oui dà, mon bon & gracieux Lord,
oui dà ; c'étoit là le jour des jours que
celui où elle me prit en fantaiſie !
ſavez-vous comment la choſe *avint* ?
J'étois ſi chagrine, ſi chagrine de la
voir malade, (& vous tout l'premier
vous auriez été chagrin auſſi :-) elle s'en
apperçut, & elle demanda à Miſtriss Léland de me tirer de la laiterie & de la que-
nouille, pour m'élever à la place que j'oc-
cupe à préſent, — n'étoit-ce pas bien à
elle ? Il faut que vous ſachiez que, pour
ce qui eſt d'ſervice, j'nai à faire autour d'elle, ſi non de l'habiller, de la
deshabiller ; l'écouter parler, la voir

pleurer, verſer larmes pour larmes avec
elle ; quoique j'ſois preſte à les eſſuyer ſi-
tôt qu'elles me viennent à l'œil, crainte
de la rendre plus dolente encore. Tenez,
j'e s'rois une fille morte, ſi il lui arrivoit
quelque malheur.

J'eſpère, honnête Marthe, qu'il n'y
a rien à craindre pour elle ; elle ne
vit plus parmi les barbares, & elle a
beaucoup d'amis à Place-Neard. —
Oui, oui des amis, dit Marthe ; &
des ennemis auſſi. Si les ſecrets de
tous les cœurs étoient découverts — je
ſais c'que j'dis, — croiriez-vous que
ce vilain, ce méchant Recteur Swinborne...... ? Mais j'eſpère que le Village ne s'ra plus déſolé par ſa préſence : il ſeroit capable de tourmenter,
& même empoiſonner votre Seigneurie, s'il ſavoit combien elle eſt dans
les bonnes graces de ma Maîtreſſe.

Que dites vous, bonne Marthe

H vj

Auriez-vous remarqué que je suis bien dans son esprit ?

Belle demande ? qui est-ce qui cau-fe, qui est-ce qui se promene avec elle, si ce n'est vous ?

Mais ---- quand je suis absent, parle-t-elle de moi ? Paroît-elle désirer mon retour ?

Ah ! voilà des questions auxquelles je n'ai point de réponse. C'est une si bonne tête, une esprit si profond, ça peut retenir sa langue muette aussi long-tems qu'aucune créature que j'aie vûe depuis que je suis née ; mais au bout du compte, elle n'en est pas moins comme le reste des filles ; & qui est-ce qui n'aimeroit pas un Lord, quand ce n'sroit que pour l'amour de son nom ?

Ah ! Marthe, Marthe, en croyant me flatter, vous m'otez jusqu'à l'es-poir. Une jeune personne qui éprouve un sentiment tendre, a généralement une confidente, & je me flattois d'apprendre que vous en rempliffiez l'emploi près de votre Maîtreffe. Que m'apprenez-vous, au contraire ? Que je ne vis dans fon fouvenir qu'autant que je vis en fa préfence ; que cette aménité, cette douceur avec laquelle elle daigne m'accueillir, ne prend fa fource que dans la bienveillance-de fon caractère.

Pendant cet entretien, Miftriss Léland obfervoit de fa fenêtre l'air animé des interlocuteurs. Depuis le commencement, elle n'avoit pas perdu Marthe de vue ; & trouvant qu'une converfation qui avoit eu dabord l'air d'être due au hafard, fe filoit à un point très extraordinaire, ce tête-à-tête lui déplut, & elle le dérangea, en appellant la foubrette indifcrete, qui fe retira avec autant de confufion que de précipitation, laiffant Lord Drew dans un état de trouble à peu près égal au-fien.

C'est ainsi que ces deux personnages, qui s'étoient respectivement promis de tirer tant de lumière de leur rencontre, se séparèrent peu satisfaits l'un de l'autre.

La pauvre Marthe rentra au logis la tête baissée ; Mistriss Léland , qui , lorsqu'elle étoit un peu échauffée par la colère , avoit la plus rapide éloquence à ses ordres ; l'accueillit avec un torrent de reproches.

Zoraïde ayant sonné au moment où Mistriss Léland commençoit à s'échauffer , & paroissoit disposée à mieux dire encore , tira heureusement Marthe d'une situation très-critique.

CHAPITRE. XIV.

Mécontentement.

LES choses étoient en cet état lorsque le Recteur Swinborne revint de Londres avec les nouvelles les plus importantes, ainsi qu'il l'assura à Lord Drew. Selon lui, Mistriss Quinbrook s'étoit chargée de Zoraïde par pure compassion; le Capitaine qui l'avoit amenée de l'Inde, la soutenoit par le même motif d'humanité; elle avoit reçu son éducation à ses frais : elle ne possédoit rien qu'il ne lui eût donné; sa beauté enfin étoit toute sa fortune, & c'étoit à ses charmes qu'elle devoit son passage de la plus humble condition à l'état d'affluence dans lequel les bontés du Capitaine l'entretenoient.

Quelle chûte! combien à décompter pour Mylord! il regardoit un moment auparavant toutes les richesses de l'Inde comme insuffisantes, pour former une dot digne de Zoraïde ; il lui supposoit au moins de justes droits à quelque vaste empire. — Point du tout : ce n'é-toit plus qu'une fille bassement née, indigente, ne tenant l'existence que de la charité. ; — mais en étoit - elle moins belle ? en avoit - elle moins de mérite ? n'éffaçoit - elle pas, à ces deux deux égards, son sexe entier ? & si les charmes de sa personne réunies à ceux de l'esprit, avoient allumé une passion vive, le défaut de naissance & de fortune étoit-il une considération suffisante pour éteindre ce sentiment ! il n'en devint que plus violent dans le cœur de Lord Drew.

Swinborne qui s'apperçut de l'agitation où l'avoit jeté son récit, crut le moment décisif pour déterminer la nature & l'ob-jet d'une passion qu'il n'étoit plus tems de combattre.—J'avouerai, Mylord, qu'il seroit difficile de désirer la possession d'un

plus digne objet ; qu'elle mérite des ri-
cheſſes, de la ſplendeur ; tout au monde,
en un mot, excepté, ce que je ne puis
croire, que vous ayez réellement l'intention de lui offrir, votre nom & votre
main. Cette jeune perſonne n'a pas la
plus légére teinture de la ſcience du
monde.

Sa tête eſt un répertoire d'illuſions
héroïques ; c'eſt un héros de roman
qu'il faut attaquer. Déclarez-lui l'ardeur de la paſſion qu'elle vous a inſpi-
rée ; jettez-vous à ſes pieds, exagérez-
lui le tourment que vous éprouvez en
ſongeant que vous ne pouvez l'épouſer
avec les formalités rigoureuſes de l'u-
ſage & de la loi ; mais jurez-lui ſur
votre foi, ſur votre honneur, ſur
l'immuable vérité, que vous ſerez tou-
toujours à elle, uniquement à elle ; &
je me trompe fort, ſi vous n'empor-
tez pas la place, ſans livrer d'autre
aſſaut.

Devez-vous tenir un pareil langage, Swinborne ? répondit vivement Lord Drew. Indépendamment de ce que le perfonnage de fourbe, que vous me confeillez, répugne à ma façon de penfer, Zoraïde a une grandeur d'ame, un difcernement, un tact parfait, qui ne me permettent pas d'efpérer qu'aucune confidération humaine puiffe jamais l'engager à s'écarter du fentier de la vertu. D'ailleurs travailler à fon deshonneur, ce feroit ravailler à mon fupplice; car je fens que je ne l'aimerois qu'en proportion de ce qu'elle fe refpecteroit elle-même. A Dieu ne plaife que je voye jamais s'avilir la créature qui me paroît célefte. — Moi chercher à féduire la vertu même ! détruire de mes propres mains l'édifice de félicité durable que mon imagination à élévé de concert avec mon cœur ! que je conçoive des pareils projets ! non : ne me donnez point

ces perfides confeils. — Vous me pré-
fentez des idées que je ne puis foutenir ;
que je détefte. — Je fuis fcandalifé
d'ailleurs de tout ce que vous me rapportez. Il eft inhumain de la part de
Miftriss Quinbrook, de compromettre
à un tel point une jeune & charmante
créature, de la déprécier avec le deffein
de lui nuire dans l'opinion d'étrangers,
qui l'avoient en quelque forte adoptée.
Cette conduite eft infâme, & la dé-
traction, odieufe dans tous les cas, eft
dans celui-ci, le plus noir des crimes.

Je fuis fâché, répliqua Swinborne,
de voir votre Seigneurie livrée à des
préventions, dont l'excès vous porte
jufqu'à défirer d'être trompé fur un
point auffi effentiel, que doit l'être
pour vous une connoiffance exacte de
la fituation de cette perfonne. — Sup-
pofez, Mylord, qu'avant d'être inftruit
des détails que je viens de vous communiquer, vous l'euffiez époufée ; après

les courts transports produits par l'il-
lusion d'un moment, quel eût été votre
réveil, lorsque l'affreuse vérité se fût
ouvert un accès jusqu'à vous ? — Ce
qui vous arrive, Mylord, est une preuve
nouvelle & malheureusement peu rare
de ce que la beauté, la jeunesse, l'éducation & la modestie réunies, peuvent
sur le cœur des hommes. Eblouis par
ces charmes extérieurs, notre imagination prodigue supplée avec transport
à tout ce qui manque de solide ; nous
voulons que la perfection soit complette, que la femme qui a reçu du
Ciel tous ces dons, en ait reçu également la naissance & la fortune. — On
l'a dit il y a longtemps ; l'amour pare
toujours son idole, cependant, à examiner la chose de sang-froid : sans naissance & sans fortune, que sont la jeunesse & la beauté, lorsqu'il s'agit de mariage, bien entendu ; car dans l'autre
cas, c'est tout ce qu'il faut. Songeons

donc à l'autre cas , Mylord , puifque
nous n'avons que de la beauté & de la
jeuneffe. — Tenez , fi j'étois à votre
place . . . . . . Croyez-moi, tout dépend
de la réception qui fera faite à votre
première ouverture ! — Je conçois
qu'après une déclaration. — Mais comment en venir à cette déclaration ? S'il
fuffifoit d'ouvrir la bouche ; mais il
faut dire quelque chofe ; & je ne puis
articuler une fyllabe. Pouvoir étrange
de l'innocence ! je braverois la fierté ;
mais le fourire de la candeur m'inter-
dit , m'ôte la parole. Je tâcherai cependant de furmonter cette timidité qui
ne m'eft pas naturelle. Demain , oui
dès demain , je hazarderai cette ouverture. — Je verrai comment elle fera
reçue. — Je me fens dans ce moment-
ci affez de courage ; demain, lorfqu'elle
marchera à côté de moi ; lorfqu'un
faux pas la mettra dans la nécef-
fité de preffer mon bras ; lorfqu'elle
en rira comme un enfant ; lorfqu'elle

me quittera pour cueillir une fleur ;
faifir un papillon, & reviendra en folâ-
trant me faire admirer la beauté de fes
aîles, la variété de fes couleurs : lorfque ce petit phénomène fixant fon
attention fur de plus grands objets,
l'enfant folâtre deviendra tout à coup phi-
lofophe : — toujours occupé d'elle &
de ce qu'elle dira ; quel moment choi-
firai-je pour allarmer cette innocence
& cette raifon, que j'aurai lieu d'admirer tour à tour ? — Swinborne recommanda à Mylord la patience & le courage, & il ne fut plus queftion de Zoraïde le refte de la journée.

Le lendemain matin Zoraïde, appercevant de loin Lord Drew, defcendit,
& le reçut à la porte de la Ferme. Elle
étoit prête, & lui reprocha, en fouriant,
de s'être fait attendre, ajoutant obli-
geamment qu'elle n'avoit différé de faire
le petit trajet, que pour ne pas perdre
le plaifir de fa compagnie.

Le projet d'ouverture, concerté de

la veille, donnoit à Lord Drew un air
de contrainte qui n'échappa pas à Zoraïde ; mais elle étoit bien éloignée d'en
foupçonner la caufe , & elle lui demanda, avec fon ingénuité ordinaire, fi
il lui étoit arrivé quelque chofe de fâcheux. — Rien au monde, répondit
Mylord, la fixant avec inquiétude , &
perdant courage en proportion de ce
qu'il remarquoit en elle la férénité de
l'innocence & les graces de la candeur.
A la defcente d'une petite éminence ,
elle lui tendit elle même la main. La
confufion de fes idées , le fentiment
de fes intentions coupables , l'avoient
empêché de la prévenir. L'émotion qu'il
éprouva en fentant cette main dans la
fienne, fut fi vive , qu'il fe détourna
pour lui en dérober la connoiffance. —
Ils marchèrent quelque tems en filence.
Zoraïde le rompit la premiere. Elle porta
les yeux fur lui, & allarmée du changement qu'elle remarqua dans fes traits :

êtes-vous indifpofé, Mylord, lui dit-elle. Pourquoi avez-vous pris la peine de venir à la Ferme? Vous n'êtes pas bien, je le vois: qu'avez-vous? que fentez-vous? vous favez combien je m'intereffe à vous, que tout ce qui vous, touche, m'eft cher.

Mon indifpofition eft de telle nature que vous feule pouvez la guérir; je crains de vous offenfer en m'expliquant plus clairement. --- Puiffe cette rougeur, qui me dit que vous m'entendez, m'être auffi propice qu'elle eft éloquente, & m'épargner l'embarras de vous peindre un attachement que je ne pourrois exprimer que foiblement.

Cette rougeur, dit Zoraïde, reprenant promptement fon fang-froid; cette légere confufion que vous avez remarquée en moi, ne vous dit autre chofe, fi non que je fuis à la fois étonnée & affligée. Je rends toute la juftice due

à

à votre mérite ; mais n'attendez pas que je faſſe un pas au-delà des limites preſcrites par la nature même de notre commerce actuel.

En ce cas, belle Zoraïde, ce que j'ai redouté, m'eſt confirmé par vous-même ; votre cœur n'eſt pas libre.

Voilà, Mylord, une concluſion bien étrange. En ſuppoſant mon cœur libre, s'en ſuivroit-il néceſſairement de cette ſuppoſition que vous devez en diſpoſer ? j'ai toujours cru que ces ſortes d'engagemens étoient abſolument ſpontanés ; qu'ils ne pouvoient être le prix des ſollicitations, ni le don de la généroſité ; & je vous prie d'être bien perſuadé que ſi j'euſſe penſé autrement, ſi même j'euſſe pu ſoupçonner que vous différiez de ſentiment à cet égard, vous n'auriez jamais eu l'occaſion, dont vous abuſez, de me parler ſi ouvertement ſur un ſujet ſi délicat.

Si je vous ai offenſée, s'écria Lord

Drew; pardonnez-moi, belle Zoraïde.
Ma félicité, ma vie, tout, pour moi,
dépend de la bonté que vous auriez de
m'accepter. Que la dissimulation soit
vertu dans une circonstance qui mérite
une exception ; oüi, dissimulez moi votre indifférence, & ne me réduisez pas
au désespoir dès les premiers pas que je
fais pour mériter vos bontés.

Quoi, Mylord, vous me conseilleriez
de feindre un sentiment que je ne puis
éprouver !—Reprenez vos sens, Mylord,
réfléchissez à ce que vous me proposez :
si j'étois capable de m'y prêter, j'espé-
rerois du moins que ce seroit un moyen
sûr de rompre le charme qui vous ob-
sède ; & le juste mépris que vous inf-
pireroit ma duplicité vous guériroit
sans doute à mes dépens : mais, pour
ne pas multiplier les paroles sans né-
cessité, je tirerai de votre proposition
une seule conclusion décisive : c'est qu'il
est évident que nos ames ne sont point

à l'uniſſon. La mienne dédaigne juſqu'à l'ombre de la fauſſeté, & la vôtre conçoit le deſir de me voir avilie juſqu'à pratiquer le menſonge, dont le plus heureux effet que vous puiſſiez vous promettre, feroit de vous endormir un inſtant dans l'erreur.

Eh bien, Madame, daignez du moins répondre à une feule queſtion : n'avez-vous pas contracté des engagemens avec le Capitaine Mims ?

Vous n'articulez pas un mot, Mylord, qui n'augmente pour moi le chagrin de fentir combien, en fi peu d'inſtans, vous avez perdu de la haute opinion que je m'étois formée de vous. Le Capitaine Mims eſt un des mortels les plus humains, les plus généreux qui foient fortis des mains de la nature : mais l'affection dont il m'honore eſt purement paternelle ; celle que je lui ai vouée eſt filiale. Je puis vous aſſurer que je lui ai les plus grandes obligations,

Hélas ! belle & jeune Zoraïde , votre bonté , votre inexpérience vous expo-sent à des dangers que vous ne prévoyez même pas. Il eſt des hommes dont les actions paroiſſent divines , tandis que le motif qui les détermine eſt infernal ; qui ne ſauvent que pour détruire ; n'obli-gent que pour prendre dans leurs piè-ges , & ne regardent l'acceptation d'un bienfait, que comme la ſignature tacite qui met le ſceau au plus déshonorant contrat qu'il ſoit poſſible de former.

— Si je ne connoiſſois par ma ſitua-tion , mon indépendance , la ſource des moyens qui me ſoutiennent honorable-ment dans le monde , vous me révolte-riez , autant que vous m'étonnez. Si la conduite que vous tenez avec moi , ré-ſulte des faux bruits qui courent dans le village , je me hâte de vous tirer d'er-reur ; ils ſont auſſi cruels que dénués de fondement. Comme je n'ai pas cru néceſſaire de publier l'hiſtoire de mes malheurs, il eſt poſſible que ma réſerve ait déplu; mais j'ai la ſatisfaction de pouvoir excepter M. & Miſtriss Withers qui, du premier moment que j'ai eu le bonheur de former leur connoiſſance, juſqu'à celui où j'ai la douleur d'entrer dans ces éclairciſſemens, m'ont conſtamment donné lieu de penſer qu'ils me jugeoient avec candeur, avec bonté, & ont eu la délicateſſe de ne pas marquer le plus léger deſir d'être inſtruits d'infortunes auxquelles ils ne pouvoient apporter aucun remède.

Lard Drew, ne répondant rien, Zoraïde continua en ces termes. — Vous applaudirez-vous de l'ouvrage de votre matinée, Mylord ? vous venez de ſapper le petit édifice de félicité que j'avois élevé dans mon imagination : j'avois compté au nombre de mes tréſors votre amitié & votre converſation, & voilà que vous m'en privez pour jamais.

Si j'ai mérité le refus que j'éprouve,

obtiendrai-je du moins une grace ? Au-
rez-vous la bonté , Madame , de me
dire comment, en quoi j'ai mérité ce
refus qui va troubler pour toujours la
paix de mon ame ?

En vérité, dit Zoraïde, il entre un
caprice prodigieux dans ce qu'on appelle amour. Dans le tourbillon du grand
monde, à la Ville, à la Cour, vous
avez vu cent femmes, dont la moindre
m'éclipferoit à tous égards ; & parce-
que dans ce petit village, il eft poffible
que je n'aie point de rivale, vous me
trouvez fi belle, qu'il n'y a pas de
milieu pour vous, entre votre paix,
ou m'obtenir ? Il eft heureux pour vous,
Mylord, ajouta-t-elle en fouriant, que
je fois incapable de me prévaloir de votre foibleffe , & de vous préparer de
cruels repentirs.

Lord Drew l'eût volontiers difpen-
fée de cette raillerie ; car elle lui con-
firmoit plus cruellement que fes refus

mêmes, la parfaite indifférence de son cœur ; il ne repliqua rien.

Et voilà ce que vous nommez amour ! continua Zoraïde : faites-moi l'amitié de me dire si la haîne elle-même eût pu produire un plus fâcheux effet ? Avec quel art charmant, avec quels moyens délicats n'étiez-vous pas parvenu à me faire presque oublier les malheurs passés de ma vie ? Des rapports dans nos goûts sembloient avoir uni nos ames ; mais ces rapports n'étoient qu'apparens : car tandis que le cœur plein des merveilles de la création, je vous en entretenois avec un enthousiasme que vous paroissiez partager, le vôtre se créoit une petite idole fantastique, uniquement propre à rétrécir vos idées, à troubler votre repos, & interrompre les plaisirs d'un commerce de sentiment.

Mylord ne répondoit rien encore. Pour un Seigneur tel que vous, My-

lord, il n'y a pas grand mal à tout
cela. Vos affections ne font point loca-
les ; vous avez des liaifons agréables à
la Cour, à la ville, dans diverfes pro-
vinces ; & diffiper dans tel endroit le
chagrin ou l'ennui qui vous auroit faifi
dans tel autre, ce n'eft que varier
les fcènes de la vie : mais pour moi
qui ne cherche ni amis ni amufemens
hors de l'enceinte de ce Villlage, c'eft
me faire un tort irréparable que de
retrancher de ce petit cercle de jouif-
fances. — Votre Seigneurie dédaigne-
roit-elle de répondre, ou me permet-
trez-vous d'interpréter plus agréablement votre filence ? Pourrois-je me
flatter que vous êtes honteux de l'ou-
trage que cet être importun que vous
nommez amour, a fait à notre amitié,
& que vous défirez recouvrer le tems
perdu ? Dans ce cas, Mylord, la recon-
ciliation fera prompte : tout ce que je
défire ; c'eft que vous foyiez auffi dif-

poſé à oublier ce qui vient de ſe
paſſer, que je le ſuis à vous lé pardonner, & tout ira bien.

Elle lui tendit la main en ſigne d'a-
mitié confirmée ; il la baiſa avec un
plaiſir mêlé de peine, & comme il ſe
relevoit, il apperçut à quelque diſtance
le Recteur Swinborne. Celui-ci avoit
obſervé le baiſer imprimé ſur la main,
& ſe méprenant au genre de faveur
qu'il ſembloit annoncer , jettoit ſur
Lord Drew des regards de félicitation;
mais Lord Drew ne tarda pas à le
déſabuſer. Ils ſe trouvoient alors très
près de la maiſon du Docteur Withers ; ſi-tôt que Mylord en eut atteint
la porte , il prit congé de Zoraïde ,
& vola au devant du Recteur — Tout
eſt perdu , Swinborne , lui dit-il en
l'abordant, & vous voyez en moi le
plus infortuné des hommes ! — cette
prétendue fille de charité , qui ne ſub-
ſiſte que des bienfaits du Capitaine

Mims & de la compaffion de Miſtriſs Quinbrook, m'a refuſé, a rejetté l'ouverture honorable que je lui ai faite. Je dis honorable, car elle ne m'a pas laiſſé le tems de déceler des intentions malhonnêtes. Titre, rang, fortune, adulation d'un jeune cavalier dont on fait généralement aſſez de cas; rien n'a réuſſi, rien n'a même tenté. Comment tant de dignités d'ame peut-elle s'accorder avec le rapport que vous m'avez fait de ſa baſſe extraction & de ſon indigence?

Artifice, Mylord, pur artifice, s'écria Swinborne; c'eſt le piége le plus adroitement tendu, l'art le plus profondément concerté, pour irriter une paſſion dont elle s'étoit apperçue, pour vous amorcer & vous amener enfin à ſolliciter votre propre déshonneur. Vous ne connoiſſez donc pas les femmes? Quoi! prendre leurs refus au pied de la lettre; c'eſt préciſément le contrepied qu'il faut faifir. Ce n'eft pas que je prétende infinuer qu'elle vous aime ; il eft même à parier qu'elle ne vous aimera jamais , par la raifon que vous l'aimez. Elle vous difpenferoit volontiers du don de votre cœur : mais votre titre, votre rang , votre fortune ; croyez moi , Mylord , c'eft ce qu'elle n'a furément refufé qu'en vous difant, à la manière de fon fexe ; je les accepte. Comment avec tant d'ufage & de difcernement , pouvez-vous vous laiffer prendre à ces petites fupercheries, qui font partie de l'éducation, & le fommaire de la morale des femmes ? — Tant de dépravité , Swinborne , eft révoltante en vous, & je ne puis vous diffimuler mon indignation. Gardez-vous de calomnier jamais devant moi la vertu la plus pure : il y a de la méchanceté & de l'aveuglement volontaire dans ce que vous venez de me dire. N'avez vous pas déja entendu , & faut-il que je vous répète que , quoiqu'elle ne veuille pas accepter mon amour , elle défire conferver mon amitié. En deux mots; tout en elle eft vérité , générofité , perfection ; & fuffé-je certain de ne jamais l'obtenir , je ne cefferai de l'adorer.

. Héroïque ! vraiment héroïque , Mylord ! voila de beaux fentiments, de grands fentiments ! voilà du tendre , du paffionné.

. Vous plaifantez hors de faifon , Monfieur, & vous n'attendez pas fans doute que je fourie au bel efprit.

Fort-bien , Mylord , j'avois prévu tous cela. Je fais que dans ce moment-ci vous me regardez comme le plus incrédule des hommes ; mais quand vous ferez las de donner carriere à votre imagination ; fi vous daignez m'écouter, favez-vous ce qui arrivera ?

C'est que, sans que vous paroissiez avoir
pris la moindre part à l'affaire, je l'ar-
rangerai de manière que cette sublime
Etrangère deviendra pour vous tout ce
vous désirez qu'elle devienne. --- Allons
Mylord, convenez que grace à Swinborne, le cas n'est pas si désespéré que
vous le faites.

Eh bien, Swinborne, faites qu'elle
m'appartienne de son propre consen-
tement, & vous fixerez vous-même
le prix que vous aurez droit d'attendre
de ma reconnoissance. --- Je vous lais-
se également maitre des termes avec
elle. Si le mariage doit en faire partie,
ne vous arrêtez pas pour une cérémonie de plus ou de moins, je vous
l'enjoins expressément ; vous déclarant,
dans la sincérité de mon cœur, que sans
elle je ne pourrai jamais jouir de ma
fortune, ni prétendre au bonheur.

Swinborne promit d'exécuter ce qu'il

avoit annoncé, de mettre Lord Drew en possession de Zoraïde; il engagea à diverses reprises sa parole d'honneur, & il fut convenu entre les conjurés que Milord se retireroit chez son oncle, & n'en sortiroit qu'au moment où tout seroit prêt pour l'exécution.

Fin de la première partie.

www.ingramcontent.com/pod-product-compliance
Lightning Source LLC
Chambersburg PA
CBHW051825020726
47502CB00005B/1636